Shinobu & Nagi
「森羅万象 水守の守」

まだ反応はしていなかったが、それでも結構な大きさだ。
一瞬たじろいだが、ナギはそっと息を吸いこんだ。
――なめれば……いいんだよな……？
気持ちよくなるはずだ。
自分に確認しながら、ナギは思い切って顔を近づけた。
（本文P.66より）

Chara

森羅万象　水守の守

水壬楓子

キャラ文庫

この作品はフィクションです。
実在の人物・団体・事件などにはいっさい関係ありません。

目次

口絵・本文イラスト／新藤まゆり

森羅万象　水守の守

人間には近づくな。

小さい頃から、ずっとそんなふうに言われていた。

捕まったらひどい目にあうんだからな。

両親や兄たちにも、しょっちゅうそう脅されて。

ナギたちはふだん、山奥の結界の中に暮らしている。結界という幕の向こうの、人の世と冥《めい》界《かい》との狭間《はざま》、と言った方がいいのかもしれない。薄皮一枚でつながった、別世界。

――妖怪。

人間たちに言わせると、そういうことになるのだろう。

時折、そんな山奥まで入ってくる人間もいたが、結界の中にいる限り、むこうからこちらの姿が見えることはない。

だがそうは言っても、今の時代、生活圏が密接しているだけにまったく無関係に暮らすことはできなかった。ナギたちの役目が人に関わることだけに、人間の生態を知らずにいることはさらに危険だ。

だからたまに、兄に連れられて近くの町まで偵察に行くこともあった。そして慣れてくると、時々、仲間と一緒に抜け出して、遊びにいったりもしていた。

……あとでバレて、ひどく叱《しか》られたが。

狭い範囲での暮らしと違い、人間たちの世界は刺激に満ちている。

とりわけ、近くの小さな神社でお祭りがある時などは、山の方までそのにぎやかな様子が聞こえてきて、ずいぶんと楽しそうで、うずうずしたものだ。

人間に姿を変えられるくらいの年になると、さらに大胆に、人混みに交じって縁日を歩いたりもした。

神社の神様にお参りをし、楽しそうに行き交う人間たちは、そんなに悪い存在には思えなかったけれど。

人間は豹変《ひょうへん》するからな。腹の中で何を考えてるかわからないさ。

……そんな言葉を聞かされていても。

今日だって、本当は言われていたのだ。

結界から出てはダメだと。

冬至が近くなって、「役目」のために兄たちもみんな出払ってしまうから、おまえはひとりでうろうろするんじゃないぞ——、と。

しっかり言い聞かされていた。

だけど、残された里の中は退屈で。

本当はしつこく頼んだのだ。

ナギにしても、もう人間に姿を変えられるようになったし、ちょっとした「力」だって使える。兄たちの仕事を手伝うことは十分にできる。だから、一緒に連れて行ってよっ！　と。

けれど「留守番していろ」とあっさりあしらわれて。

いつも俺だけ――。

そんな悔しさと欲求不満がたまっていたのだろう。

結界は、人間が外から見ることや入ることはできないが、中から出るのは簡単だ。

ナギはむくれたまま、こっそりと抜け出して町へと遊びに出た。兄たちもいないんだし、すぐに帰ってくればバレないだろう、と。

が、こんな時に限って運悪く、山を下りる前にその連中にぶつかってしまったのだ。

ほとんど終わりかけの紅葉を見に来た登山客だろうか。大学生くらいの二人連れ。

「――おい。何かいるぞ…」

「なんだ？　捕まえてみろよ」

川沿いの岩場から下のキャンプ場の様子を眺めていた時だった。さすがにシーズンオフで人の姿はなかったが、上流には渓流釣りをしている人の姿も見える。

いきなりそんな声が背中から聞こえて、ハッとふり返った時には、目の前に男がふたり、立っていた。

「なんだ、こいつ」

「食えるのか?」

おもしろそうに笑う顔がいかにも凶悪で、ゾッと背筋が凍る。

ぬっと二本の腕がこちらに伸びてきて、ナギはとっさに身をかわした。

が、その足が着くべき地面は消えていたのだ。

あっ…!　と思った瞬間、身体《からだ》は引っ張られるように川へと落下していた——。

◇　　　◇

「イッチ、ニー、サン、シ——!」

十二月の頭にしては少しばかり暖かい、小春日和の午後だった。

川沿いの堤防に張りのある掛け声が響いている。そろいのジャージ姿の高校生、男ばかり十数人が二列に並んで走っていた。

近くには中高一貫の私立永倫館《えいりんかん》高校があり、このあたりは運動部のランニングコースになっているのだ。

「ニー、ニッ、サン、シ——!」

「ゴー、ロク、シチ、ハチ！」

先頭の厳《いか》つい顔の男の声に継いで、後ろに続く男たちも声を合わせる。

「十分休憩！」

やがて小さな橋が見えるあたりまで来ると、一団はスピードを落とし、主将の墨田《すみだ》が野太い声で号令を出した。

とたん、ふわーっ…！　と声を上げて、部員たちがだらだらと土手の草地へとへたれこむ。

最後尾を走っていた里見忍《さとみしのぶ》も、ゆっくりと息を整えながら首に巻いていたタオルで汗を拭《ぬぐ》った。

主将が先頭、そして副主将が最後尾というのが、剣道部では伝統の編隊だ。

まだ吐く息が白くなるほどではなかったが、空気は少しずつ透明に、冬の硬質さを持ち始めていた。素足での寒稽古《かんげいこ》がつらくなる時季だ。

とはいえ、忍はあの早朝の身が引き締まる感じは嫌いではない。

「おい、忍！」

と、土手を下ったところから墨田に呼ばれ、忍はまっすぐに近づくと、傾斜のある草地に足を投げ出していた男に並んで腰を下ろした。

すわると視線がだいたい合う。身長は忍の方が少し高いくらいだったが、体格でいえば、肩幅や胴回りなど、墨田の方がいくぶんどっしりとしている。

百八十を越え、さらにまだじわじわと伸びている長身は、剣道でなくともスポーツをするには恵まれた体型と言えるだろう。打ち下ろされる面にはスピードと迫力がある――と評価されている。

忍の実力は高校二年ですでに全国トップレベルであり、実のところ、この剣道で今の高校の奨学金を受けていた。文武両道をモットーとする私学だったから、成績の方もそこそこ上位ではある。

「次の錬成会《れんせいかい》のメンバーだけどな。Bの方の大将でいいか？」

確認され、ああ、と忍はうなずいた。

永倫館は剣道では強豪であり、部員もそれなりに多いので、今回団体では二つ、チームをエントリーさせている。Aの方はもちろん、主将自ら率いるということだ。

三年がこの夏に引退し、そのあとを受けて今期から主将を務める男は、実力では伯仲しており、指導力と統率力は忍よりもずっとある。そして、何より熱意が。

ふだんから口数が少なく、自分から友人たちの話の輪に入ることもめったになく、「何を考えているのかわからない」と言われる忍では、主将は務まらないだろう。

いや、忍も決して友達が少ないとか、後輩の面倒見が悪いとかいうわけではなかったが、率先して何かをやるタイプではない。

だが、何かあった時には頼られるタイプと言えるだろう。寡黙なだけに年よりも落ち着いて見られ、その分、安心感を与えるらしい。

ジジくさいんだよ、と口の悪い友人にはからかわれたりもするが、女子からは大人っぽいよね、と思われているらしい。

「チーム分けするから、メンバーを考えといてくれ。今回は一年を多めに入れてもいい。経験値を上げたいからな」

「わかった」

「おまえの伸ばしてみたいヤツ、とってもいいぞ？　誰かいるか？」

「そうだな…」

聞かれて、後輩の顔をいくつか思い浮かべる。

と、そんなトップ会談が密《ひそ》かに行われている中、何かざわざわとした空気が下の方から漂ってきた。

「……あ？　何が？」

「アレだよ、アレ！」

「どこだよ？」

そんなとぎれとぎれの声も耳に入る。

見れば、川岸の方に四、五人の部員が集まり、上流の方を眺めていた。

「おい！　何騒いでる!?」

横でピリピリ響く声が上がり、忍は思わず耳を押さえる。

この声の大きさも、あるいは主将の資質なのかもしれない。

「わっ…。あっ、いえ、その……何かヘンなものが……」

あわててふり返った一年のひとりが、しかし要領を得ないように口ごもった。

それにチッ、と短く舌を弾いて男が立ち上がると、のっそりとそちらへ近づく。

「なんだ？」

そしてこういう労をいとわない行動的なところも主将には向いてるんだろうな…、と思いつつ、忍もゆっくりと腰を上げ、友人のあとを追った。

「あ…、主将」

「ほら、あれ。何か、流れてきてるでしょ？　ひょっとして子犬かなんかじゃないかな…」

目の前で交わされるそんな会話に、ふっと忍も部員たちの視線の先を眺めた。

なるほど、上流から何か黒っぽい小さな塊が流れてきて、ゆっくりと目の前を通り過ぎようとしている。遠目だが四本の短い足も見え、何かの動物のようだ。

「溺《おぼ》れてるのか…？」

「てか、もう死んでんじゃねぇの？　動いてないし」

「うわー…、エグイ……」

確かにぐったりとした身体は動く様子もなく、ただ水に流されるままだ。

忍も眉《まゆ》をよせたまま、しばらくじっとそれを目で追っていた。

――と。

『たす…け……て……』

ふっと、ほんのかすかに、誰かの声が聞こえた気がした。

小さな弱々しい声だ。今にも消えそうな。

「え…？」

思わず発した忍のかすかな声は、しかしまわりの耳には届かなかったようだ。

反射的にあたりを見まわすが、部員たちはまだ流れているものをあれこれ詮索《せんさく》しながら目で追っていたり、すでに飽きて友達とだべっていたり、草地で柔軟をしたりと、助けが必要そうな者はいない。

気のせいか…？　と頭をふって川面に視線をもどした忍の目に、大きな黒いカラスの姿が飛びこんできた。

川の上を、というより、その流れているモノの上を旋回し、カァ…！　と大きく鳴き声を上げる。

まるで、何かあざ笑っているように。いかにも不吉な風景に見えないでもない。

と、そのカラスがツーッ、と空気を切るように一直線に忍の方へ飛んでくると、バサバサッ…、と頭上で羽ばたきした。かなり低い位置で。

「わ…、なんだ、このカラス…っ」

側にいた後輩が、驚いたように飛び退《すさ》る。

「忍だろ？　おまえ、相変わらず動物に懐かれてんなぁ…。いつの間に鳥まで手懐《てなず》けたんだ？」

あきれたような、感心したような調子で墨田がうなる。

「いやあ…、懐かれてるっていうより、ケンカ売られてんじゃないのか？」

別の同級生も肩を揺らして笑った。

長いつきあいのある同級生たちは、忍が妙に動物の扱いがうまいのを知っているのだ。

だが、懐かれている、というのとは、少し違う。

野良犬や野良ネコがなぜかよくよって来ることはあるが、しかし逆に、姿を見ただけで過敏に逃げ出したり、警戒するみたいにうなったりすることもある。

一年の時には、校庭に飛びこんできて暴れていたイノシシが、ちょうど体育の授業で外にいた忍の前で、何かにぶち当たったようにピタッ、と止まったこともあった。

おかげでしばらくは、「猛獣使い」などと呼ばれていたくらいだ。

もっと小さな頃には、遠足や何かで動物園に行った時、忍が近づくとやたらと動物が興奮し、飼育員があわてでなだめるようなこともあった。

なぜだかはわからない。物心ついた時からの、そういう体質なのだ、というしか。

いや、それだけでなく、たまに「見える」時すらある。

俗に言う、霊感の強い人に霊が見えるように、忍には「憑《つ》いている」動物が見えることがあるのだ。

人に憑いている場合もあれば、そのへんを漂っている時もある。

なんとなく目が合う――気がする――時もあるので、むこうも忍のことは認識しているのかもしれない。だが直接忍に何かをしてくるわけではなく、会話ができたり、声が聞こえたりとかいう超常現象もなかった。

……少なくとも、今までは。

カァ…！

と、鋭い声でカラスが鳴いた。

『助けてやれよ、アンタ。このまま死にかけるとアイツ、馬鹿力出して、うっかり鍵《かぎ》を開けちまうかもしれねぇぜ』

そんな声――なのか、耳の中にはっきりと聞こえてくる。

思わず顔を上げた忍は、そのカラスと確かに目が合った。小さな黒い目と。

まさか…、という思いと、しかし空耳というにはあまりにはっきりとした言葉だ。

「おまえ……」

無意識に口の中でつぶやいた忍に、カラスは大きく羽ばたいて、再び川の方へ飛んでいく。

さっきの子犬のようなものはさらに川を下り、橋へと近づいていた。

カラスがひょこひょこと、その真上で上下に飛ぶ。まるで、「これだよ、これ！」と教えるみたいに。

――アイツ、なのか……？　最初に聞こえた声は。

忍はハッとした。

だとすると、まだ生きている、ということだろうか？

とっさに忍は下流の方へ走り出した。

流れてくる子犬を大幅に追い越してから、手早くシューズと靴下を脱ぐと、ジャージの裾《すそ》を腿《もも》までまくり上げ、ざぶざぶと川へ入っていった。

「お、おい、忍…っ！」

「うわっ、里見先輩……！」

背中からあせったような声が響いてくる。

すぐ間近に迫る山から流れ落ちてくる川の水は、夏場でも冷たい。しかも今は十二月なのだ。

水かさは膝《ひざ》上くらいまでしかなかったが、さすがに肌を刺すように冷たく、あっという間に感覚を奪っていく。

忍はその子犬が流れる速さを目測しつつ、下流からまわりこむように近づくと、急に深くなる橋のたもとへ行き着く前にようやく、その子犬に腕を伸ばした。

そして手元に引きよせようと前足をつかんだ瞬間、ドクッ…！　と腹から突き上げてくるような重い衝撃が身体を走り抜ける。

なんだろう…？　触れた手の先から、密度の濃い液体が一気に体内に流れこんできたようだった。

それはうねるように忍の身体の中を伝い、瞬時に肌に吸収されるように沈んでいく。

知らずぶるっと身震いし、なんだ…？　と思ったが、深く考えている余裕はなかった。

「ほら…、もう大丈夫だからな」

小さな身体を手元に引きよせ、水から引き上げて腕の中にしっかりと抱え上げながら、忍は声をかける。びっしょりと濡《ぬ》れた毛皮を、片手で撫《な》でてやった。

このあたりだと水は太腿あたりまで来て、ジャージの裾を濡らしている。流れもそこそこ速く、足を取られてあやうく寒中水泳をしそうになりながら、忍はソレを両腕にしっかりと抱いたままなんとか岸に帰り着いた。

「忍先輩…！　大丈夫ですかっ？」

「ひーっ…、寒そっ！」

「なんなんだ、それ？」

部員たちがわらわらと集まってくる。なかば好奇心だろう。

忍は靴を脱いだところに放り出していたタオルで拾い上げた動物を包みこむと、ようやく落ち着いて眺めた。

なんだろう…？　灰色っぽい短い毛で、濡れているせいか、小さく痩《や》せて見える。何の犬種だか、手足が短く、しっぽもずいぶん細くて短い。ブルテリアのようでもあるが、それにしては顔も小さくて、のっぺりとしている。おそらくは雑種なのだろう。

「うわ、汚ねー。気持ち悪ぃ…」

「すげぇ貧相な犬だなぁ…」

のぞきこんだ誰かがつぶやいた通り、小さく骨っぽい体つきも、くすんだ色合いもいかにも貧弱で、おまけに頭の上はちょっとハゲているみたいに毛が薄くなっている。

忍はタオルで身体をこすってやるが、体力が尽きたのか、ぐったりとしたまま動かなかった。

「やっぱ、死んでんじゃないのか…？」

ひとりが指で頭をつっつくと、ぴくっ、と前足が動き、もがくみたいにわずかに空を引っ掻《か》く。

「あ、生きてる」

「でもほとんど死にかけだよな…」

「誰かに川に放りこまれたのか？」

「犬って泳げんじゃねぇの？」

わいわいと部員たちが好き勝手言い始めた中、墨田が眉をよせて尋ねてきた。

「どうするんだ、忍？　病院、連れていくのか？　ずいぶん衰弱してるみたいだが」

「そうだな…」

言われて、忍はちょっと考えた。

目立った外傷はなかったが、確かに衰弱は激しい。この寒さだ。放っておいたら間違いなく死ぬだろう。

「おい…、誰か家で世話できるヤツはいないか？」

主将の声に、しかし誰からも声は上がらなかった。

無理もない。今すぐにでも死にそうなのだ。犬の死体など持って帰っても、家族には恨まれるだけだろう。

「とりあえず、俺が家に連れて帰ってみるよ。元気になれば飼い主を探すか、引き取り手を探してもいいしな」

「大丈夫なのか？」

そんな忍の言葉に、墨田が心配げに眉をよせる。

忍の家庭事情がわかっているせいだろう。

「数日なら大丈夫だと思う」

うなずいてみせ、忍はジャージのファスナーを腹のあたりまで引き下ろすと、懐にその犬をそっと入れた。

震えることさえしないのは、ちょっと心配だが……しかし、忍が直《じか》に触れた瞬間、とくとく……、と何かが脈打つような感触が手のひらに返った。

さっきみたいに何かが流れこんでくる気配ではなかったが、触れている部分だけ、吸いつくような奇妙な感触だ。

とりあえず胸のあたりまでファスナーを引き上げ、体温で温めるようにジャージの上から撫でてやった。

「すげー…。俺なら見捨ててる……」

誰かがつぶやいた言葉に、忍は静かに言った。

「コイツは多分、助かるよ」

普通の犬じゃない気もする。だが、悪い「気」は感じられなかった。見えるものの中には、妙に嫌な気分になるモノもあったのだが。

ふと思い出してふり仰ぐと、さっきのカラスが見届けるように頭の上で高く飛んでいた――。

この日はそのまま部活を切り上げ、ジャージのまま、いつもよりゆっくりと自転車をこいで、忍は家へ帰ってきた。片方の手で腹に入れたままの子犬を支えていたので、ほとんど片手運転の状態だ。

それでも部活を早く引けてきたので、帰り着いたのはいつもより少し早めの時間だった。まだ夕闇が残っている。

家、といっても、忍の本当の家ではない。というより、忍に自分の家はない。

今暮らしているのは、親戚夫婦の家だった。

母の従兄弟《いとこ》が、東京から二時間ほどのところにある温泉地で小さな旅館を経営していたのだが、忍が近くの高校に推薦で入学が決まった時、母は住みこみでその旅館で働かせてもらうことになったのだ。

母は結婚せずに子供を産んだので、忍には生まれた時から父はいなかった。そして母も半年ほど前、交通事故で亡くなってしまった。

このやりくりが苦しい時に食扶持《くいぶち》が増えて…、と女将《おかみ》——忍と血のつながりはまったくない——にはぶつぶつ言われたが、結局、忍は旅館の仕事を手伝いながら、そのままそこで暮らすことになった。

女将にしても、親戚の子を母親が死んですぐに追い出したというのでは、さすがに外聞が悪かったのだろう。さらに永倫館高校は地元でも有数の名門校であり、そこへ通わせている、というのはご近所にもいい顔ができる。

そしてなんだかんだと言っても、結局は人手が足りなかった、ということに尽きるのだろう。

ひかえめに言っても、この「三枡旅館《みつます》」は流行《はや》っていない。

この寂《さび》れた雰囲気を、趣、と捉えるか、単に古い、と言ってしまうかは人それぞれの感性だが、……まあ、そんな佇《たたず》まいだ。

老朽化の目立つ建物に由来や歴史があるわけでなく、料理にとりたてて名物があるわけでもなく。温泉にしても、小さな露天は一応あるのだが、母屋から少し離れているせいで使い勝手が悪く、あまり評判もよくない。

数年前、市が近くの渓流沿いにキャンプ場や登山道、ハイキングコースなどを整備し、大きな合宿所や研修施設も建てて、このあたりはちょっとした温泉地となっていた。新しく日帰り温泉なども作られ、それに合わせてまわりにはコテージ風の民宿だとか、おしゃれな飲食店も増えていった。

町自体は活性化していたのだが、その中心地から山の方へと外れたところにあった三枡旅館は、流れからすっかり取り残された感があった。

わざわざこんなところまで泊まりに来るのは、シーズンまっただ中で宿泊施設からあぶれた釣り客とか、安さを求めてやってくる若者たちとか、そのくらいだ。

それだけに仲居の数も少なく、母は朝から晩までほとんど休みなしに、おそろしく安い給料で働いていた。それでも食事と住居に金がかからなかったので、なんとか暮らしていけたくらいだ。

今は忍が外まわりや広い庭の掃除から風呂や客室の清掃、布団の上げ下げ、たまにいそがしい時には客の案内や配膳までもやっているが、給料はもらっていない。

学費はもともと奨学金を受けていたのだが、日常の細々としたものについては、わずかながらの母の保険金や見舞金、そして週に一度、町の道場で小さな子供たちを相手に剣道を教えるアルバイト代でなんとかまかなっていた。

ただ朝晩の食事は、厨房へ行けば板前をしている叔父《おじ》さん——正確には母の従兄弟だ——からもらえるし、住むところも、母がいた時からふたりで暮らしていた離れをそのまま使わせてもらっていた。

庭から少し裏山に入った高台にぽつんと建っていて、以前は本当に離れの座敷として、旅館で使っていたらしい。

和室の二部屋と小さなキッチンもついた小さな一軒家だが、相当に古く、すきま風が入り放題で冬はかなり寒い。もちろんエアコンなどはなく、石油ストーブで暖をとるのが精いっぱいだが、灯油代を節約しようと思えば、まだまだ入れるのは先になるだろう。

今日は川に入ったせいでずいぶんと身体が冷えていて、せめて熱い風呂に浸かりたいところだったが、もちろん忍が使えるのは客のあと、深夜になってからだ。

しかし、コイツを温めてやらないとな…、と思いながら、忍が旅館の裏へまわって自転車を止め、片手にカバンを持って庭から入っていった時だった。

「――忍、帰ったの？　だったら悪いけど、露天の方を見てきてちょうだい」

いきなり甲高い女将の声が飛んでくる。

和服の上に紺の印半纏《しるしばんてん》をまとった姿で、どうやら厨房の勝手口から出てきたところのようだ。ちょうどよかった、とばかりにせわしなく言いつける。

と、ジャージ姿のままの忍が懐に何か入れているのに気づいて、眉をひそめた。

「その隠してるのは何なの？」

女将が忍の住む離れまでわざわざ来ることはほとんどなかったので、少しの間ならこっそりと飼うことができるだろう、と思っていたのだが、どうやら間が悪かったようだ。

しかたなく、忍はファスナーを開いて、タオルにくるんだままの犬を見せる。

と、さすがに女将が目を見開いた。

「あなた、そんなもの拾って来るなんて…、どういうつもりなの？」

あからさまに嫌悪をにじませた口調に、忍は落ち着いた調子で答えた。

「表の門の前で倒れていたんです。そんなところで死なれると縁起が悪いでしょう。お客さんが見たら気持ちが悪いと思いますし」

まったくの嘘だったが、……まあ、方便だ。

喜怒哀楽《きどあいらく》の乏しい忍の顔で平然と言い切ると、嘘には聞こえない。忍としても生活の知恵で、そのくらいの手法は身につけていた。

反論しにくい言葉に、ぐっ、と女将が拳《こぶし》を握って顔をゆがめる。

女将が自分のことを「小生意気なガキ」だと思っているのは、忍もよくわかっていた。とはいえ、自分の性格では、今さら可愛く機嫌をとるような真似《まね》もできない。

案外アイドル系のカワイイ顔立ちでもあれば、もっと女将の当たりもよかったのかもしれないが、無愛想な上に武道で鍛えた身体は引き締まって体格もよく、立っているだけでも威圧感は十分だ。

だがいずれにしても、高校を卒業したらここを出て働くつもりだった。もとより、進学できるなどとは思っていない。

女将がいかにもな様子で大きなため息をついてみせた。

「わかってると思うけど、うちじゃ飼えないのよ？　客商売なんだから」

「元気になったら飼い主を探します」

すみません、とそれだけ言うと、忍は軽く頭を下げて、サクサクと落ち葉を踏みながら離れへ向かった。

「露天の掃除、すぐに行ってね！」

背中から腹いせのような声が飛んでくる。

忍はわずかに登りになっている小道を上がり、家の引き戸を開けて中へ入った。敷地内なので、ふだんから鍵もかけていない。もともと、盗られるようなものもない。

昔の家のように、入ってすぐの土間に小さな台所があった。台所と言っても、色の褪《あ》せたタイル張りの流しと、その横に古いガスコンロが一つあるだけだ。そして、小さなツードアの冷蔵庫。その台所と細長い土間を挟んで小上がりになった廊下があり、障子で仕切られたその奥が八畳の和室になっていた。

その隣にも六畳の和室とトイレがあり、広さだけならかなり贅沢《ぜいたく》な住居と言えるだろう。

忍は廊下にカバンをおいて腰を下ろし、膝の上にタオルごと子犬を取り出してちょっと様子を見た。

短い毛はまだしっとりしていたが、体温は少しもどっている気がする。

さすがにホッ…とした。とりあえず、何か食べ物がいるかな…、と思う。

だが夕食を厨房にもらいに行く前に、言われた露天の掃除をしなければならない。露天だけに、まわりの枯葉などがしょっちゅう落ちるので、頻繁にそれをさらう必要があるのだ。もちろん脱衣所や、その周辺の掃除も忍の仕事だった。

養ってもらっている、という感覚はなかったが、食事と家を世話してもらっている以上、それだけの仕事はするつもりだった。

忍は奥の部屋に入ると、押し入れから手早く毛布を引っ張り出す。

と、その端が何かに引っかかったようで、ガタン、とものが倒れる音がした。すぐ横の三段ボックスの上には母の位牌《いはい》がおいてあったので、あっとあせったが、どうやらその横にのせていた箱に当たって落ちたらしい。

毛布を隣に運んでからもどってみると、小さな木箱の蓋《ふた》が外れて畳に転がっていた。タバコの大きさくらいのスライド式の箱だったが、見たところ何か中身がこぼれているようでもない。

――やっぱり空だったのか……。

膝をついて箱を拾い上げながら、忍は思った。

遺品の一つで、母がとても大事にしていたのだ。お守りなのよ…、と、微笑《ほほえ》んで。

母が亡くなったあと、生前、少ない遺品を整理する中で開けてみようかとは思ったのだが、小さな紙がまるで封印みたいに貼ってあって、ちょっと躊躇《ちゅうちょ》していた。軽くて、振ってみても音はせず、何か入っているようでもなかったのでそのままにしていたのだが、落ちた拍子に外れたらしい。

母にとっては、この箱自体が何かの思い出だったのかな、と思いながら、忍は箱をもとの状態に直し、位牌の隣におくと、急いで子犬のところにもどった。

座布団の上に使い捨てカイロをおくと、その上に毛布を敷いて子犬をくるんでやる。

身体を丸めて、時折、弱々しくもがくように動いているが目は閉じたままだ。それでも、浅いながらに呼吸は安定しているようだった。小さな耳と短いしっぽが、寒いのかピクピクと震えている。

「早く元気になれよ」

忍は指先で軽く子犬の喉《のど》のあたりを撫でながら、そっとつぶやいた。

◇　◇

かろうじて、意識はあったのだ。川から拾い上げられた時は。

だから、貧相だの、汚いだの、死にかけだのと頭の上でさんざん言われたのにはむかっとしていた。

――人間の分際で……っ。

ナギだって妖怪の端くれだ。力が十分なら、頭から川にたたきこんでやるところなのだが。

だがあの時は、上流からゴツゴツした岩場を流されて身体はあちこちとたたきつけられ、痛みで気が遠くなりそうだった。気力も体力も尽きていて、もしあのまま海まで流されていたら、間違いなく魚のエサになっていただろう。

それを思うとゾッ…とする。

頭上で交わされる会話で、拾ってくれたのが「忍」と呼ばれる男だとはわかった。

力強い腕に抱き上げられた時には、本当に安堵《あんど》で気を失いそうになったくらいだ。身体の中で極限近くまで高まっていた緊張感が、ふっと溶けていくのを感じた。

だが考えてみれば、不思議なことなのだろう。助けられたとはいえ、相手は人間なのだから、もっと警戒すべきなのに。

いつ豹変して、いたぶられたり、——あるいは殺されたり、するかもしれないのに。

全身が重くて寒くて、まともに身動きもできない状態で、どうなるんだろう……？　と不安しかないはずなのに、忍の温かい肌に触れていると、ふわっと気持ちが落ち着いて安心する。

犬だと思われているらしいのが、ちょっと微妙な気分だったが。

だがまあ、妖怪だとバレるよりはいいのだろう。

『妖怪だとバレたら、どこか秘密の場所に連れて行かれていっぱい実験されたあげく、切り刻まれて解剖されるんだからな』

いつだったか、兄にそんなふうに脅されたことを思い出して、ぞぞっ、と背筋が凍りつく。

さっきの、何か高い声でキーキー言っていた女なんかに捕まると、本当にそんな目にあいそうな気がした。

だから、忍がナギを毛布にくるんだあと、着替えてどこかへ行ってしまうと、ひとりぽつんと残されて、ホッとしたような、妙に心細いような気持ちになる。

汗臭い……。

身体を丸めたまま、くん、と毛布の匂いを嗅いでちょっと顔をしかめる。

しかしここに来るまでずっと懐に入れてもらっていたので、その体温と匂いを思い出して少し、安心した。

お腹すいたな…、と思いながら、やはり体力は限界だった。

毛布の下からもぽかぽかしてきて、急速に眠気を誘われる。

早く……帰らなきゃ。

うつらうつらしながら、そう思う。

ナギが抜け出したことは、そろそろバレているかもしれない。心配しているだろうか。

だが今の時期は、一族総出で「役目」についているから、しばらくはいなくても気がつかないかもしれない。

ちょっと休んでから……。

そう思いながら、ナギはそのまま眠ってしまっていた――。

目が覚めたのは、それからどのくらいしてからだろうか。

とっぷりと日は暮れているようで、窓の外は真っ暗だった。

天井にはぼんやりとした明かりがともっていて、カタカタ…、と障子のむこうから何か物音も聞こえてくる。

まだ少しぼーっとした頭で、なんだろ…？　ときょときょとしていると、ふいにがらっと障子が開いた。

真正面から男と目が合う。

忍――なのだろう。初めてまともに顔を見た。

思わず固まってしまったナギだったが、男がわずかに瞬きして、そっと口元だけで微笑んだ。

「起きたのか」

その表情と、低く、やわらかく言われた声にドキリとする。

なんでもない言葉が身体に沁《し》みていく。

『ほら…、もう大丈夫だからな』

川で拾われた時に聞こえた声が耳によみがえった。

――大丈夫。

それだけの言葉が、あの時のナギには本当に救いだった。なにしろ、生きるか死ぬかの瀬戸際だったのだ。

……もちろん、この男にはたいした意味もない言葉なのだろうが。こちらに、言っている言葉が通じていると思っているはずもない。

だが素っ気なく男の口にする言葉は、なぜか温かかった。

考えてみれば、どうしてあの時、助けてくれたんだろう…？　と思う。

あんな冷たい川の中に入ってまで。普通なら近寄りたくないくらいだろうに。

人間のくせに。

ナギはまじまじと忍を眺めてしまった。

ちょっと見には恐いくらい、精悍《せいかん》で引き締まった顔立ちだ。体格もよく、結構いい男…、なんだろう。人間的な基準で言うと。

もっとも、ナギの一族の基準で言えば、まあまあ、というところだ。

そう。本体は、人間の基準で言えば「貧相な犬」かもしれないが、人型になった時のナギたちの一族は、総じて美形が多いのだ。

しばらくおたがいにまじまじと見つめ合っていた――というより、値踏みし合っていた、のかもしれない。

ふぅん…、と、やがて忍が顎《あご》を撫でてつぶやいた。

「パグとブルテリアのハーフってとこか？　愉快な顔だな」

――パグ？　ってなんだ？

ナギは頭をひねったが、なんだかとても失礼なことを言われた気がする。

――愉快な顔？

どういう意味だ、と問いただしたいところだったが、それよりも忍が横の廊下においていた大きなお盆が気になった。

ほかほかと湯気を立てているのは、どうやら食べ物のようだ。忍がお盆を手に部屋の中に入ってきて、小さなコタツの上にのせる。

甘辛いような、おいしそうな匂いも漂ってきて、ナギは無意識に身体を伸ばし、ヒクヒクと鼻を動かしてしまった。

「食えるか?」

コタツの前に胡座《あぐら》をかいてすわった男が、ちろっとこちらを見て尋ねてくる。

ナギは夢中でうなずいた。

それに男がちょっと妙な顔をしたのに、あっ、と気づく。

そうだ。言葉がわかるみたいにリアクションをするのはまずい。

ナギはあわてて、震えているふりで身を縮めてみせる。すると忍が腕を伸ばして、ナギが寝ていた座布団ごと毛布を手元へ引きよせた。

「ちょっと待ってろ」

毛布から出していた頭の下で喉元がくりくり撫でられ、忍が夕食をさっきのお盆ごと、畳の上におき直す。ナギの目の前だ。

お盆には、丼《どんぶり》に大盛りのご飯と、すり身のお吸い物。それに、大きめの平皿にたくさんのものが雑多に入れられていた。

焼き魚や里芋《さといも》の煮っころがし、それにおでんらしいこんにゃくとか卵とかはんぺんとか。じゅわっ、と口の中いっぱいに唾液《だえき》が広がってしまう。

「おまえ、どれが食えるんだ？」

もともと分けてくれるつもりだったのだろう。独り言《ひとりごと》のように言いながら、横にのせていた空の皿に丼のご飯を三分の一ほど入れ、ちょっと考えて、上からお吸い物の汁をかけた。弱っている身体に、消化を考えてくれたようだ。一つしかない魚のすり身も譲ってくれる。さらにその横に、焼き魚の骨をとった半身をほぐし、里芋と卵とはんぺんも半分、入れてくれた。

温かそうな湯気と匂いにつられて、ナギはもそもそと毛布から這《は》い出してしまう。

――人間に餌付《えづ》けされるなんて…っ。

屈辱だ…、と思わないでもないが、この匂いにはあらがいがたい。

急激に腹が減っているのを思い出して、気が遠くなりそうだ。

「犬は猫舌じゃないのか？　気をつけて食えよ」

言いながら、忍はお盆をコタツにもどし、自分の食事を始めたようだ。

行儀が悪いけど…、と思いながらも、ナギは皿に鼻をつっこむようにしてガツガツ食べた。スプーンや箸《はし》が使えないわけではなかったが、さすがにこの状況でそれはまずいだろう。

少し薄めの味付けだったたが、どれも結構おいしい。

ものすごい勢いで平らげて、げぷ、と妙な音が喉から出る。

「早いな…。そんなに一気に食って大丈夫なのか？」

忍が横目に見下ろしてあきれたように言い、まだ食うか？　と尋ねてくる。

忍がどんな返事を期待しているのかわからないが、とりあえずナギはじっと男を見上げてみた。

すると、忍は残っていた里芋を一つとはんぺんをもう半分、ご飯を一口分、皿に分けてくれる。そして、ナギがそれもあっという間にぺろりと食べるのを、ちょっと感心したように眺めていた。

「まあ、食えるだけ元気なのはいいことだ」

そしてため息をつくように言うと、おとなしく寝てろ、と何気なくナギの頭を撫でる。

あっ…、とナギは思わず身を縮めてしまった。

頭に触れられるのがひどく弱いのだ。特に人間に触られたりすると、雑多な気が一気に身体に流れこんでくるようで気持ちが悪くなる。

だが予想したような嫌悪感が襲ってくることはなく、代わりになぜか、忍の手が触れた瞬間、スッ…、と清流が流れるような心地よさを覚えた。

ひやりと気持ちよくて、身体の中がきれいに洗われていくような感覚だ。

知らず、もっと撫でてほしいような気持ちになってしまう。

しかしその手はすぐに離れ、忍はてきぱきと食器を片づけ始めた。すでに夜の九時をまわったくらいで、忍はそれから二時間ほど、コタツの上に本を広げて勉強しているようだった。

マジメなんだな…、と毛布の中で身体を伸ばしたまま、ナギはちょっと感心する。

そして十一時を過ぎてから、コタツの上を片づけ、ハンガーに掛けていた紺の半纏《はんてん》をおもむろに肩に引っかけると、家の外へ出て行った。

こんな時間からどこ行くんだろ…？　と思ったが、そういえば、女が露天風呂の掃除をしろ、と言いつけていたことを思い出す。

旅館か…、とようやくナギも思いついた。

山の麓《ふもと》には温泉旅館や民宿も多く、何度か様子を見に行ったこともあったのだ。露天風呂なんかだと、真夜中にこっそりと忍びこんで湯に浸かったりすることもある。

どうやら、忍はそんな旅館の仕事をしているのだろう。

しかし帰ってきたのは、一時に近い時間だった。外はずいぶんと寒いはずだ。いや、この家の中にいてさえ、毛布にくるまっているのでなければかなり寒い。

帰ってきた忍は夜更《よふ》かしすることなく、すぐに寝るようだ。隣の部屋に布団を敷くと、座布団ごとナギを抱き上げて、枕元《まくらもと》に寝かされた。

「ストーブ、入れられなくて悪いな。我慢してくれ」

明かりを消しながら言われたそんな言葉に、あっ、とようやく気づく。

——そうだ。毛布……。

忍の布団に毛布は敷かれていなかった。ナギがとってしまったからだろう。

なんだか申し訳ない気持ちになるが、……でも、もともとは人間が脅かしたせいだしなっ、と思いながら、ナギは毛布にくるまって目を閉じた。

翌朝、ナギが目覚めた時、忍の姿はすでになかった。

毛布からわずかに顔をのぞかせると、早朝の肌寒い空気が襲いかかってきて、びくっ、とあわてて首を縮める。

窓の外はすでに白んでいたが、枕元の時計はまだ六時半をまわったくらいだ。

この時間にもういないということは、忍は何時に起きたんだろう…、と思う。

こんなに早くから、また仕事をしてるんだろうか……。

なんとなくそわそわと待っていると、八時近くなってようやく帰ってきた。長方形のお盆を両手で持っていて、どうやらその上には朝ご飯がのっているようだ。

忍はナギの期待に満ちた顔を見ると、口元でにやりと笑った。

「ぐーすかよく寝てたな。俺がすぐ横で起きたのにも気づかないのは、動物としてどうかと思うぞ?」

軽く頭をつっつかれ、そんなふうに言われて、思わずムッ、と唇を突き出す。

──そんなこと言ったって……。

と、ぶちぶちと心の中で言い訳する。

ゆうべは疲れていたのだ。なにしろ、体力を使い果たしていたので。

「飯、食うか？」

しかしそう声をかけられると、ぴょん、と耳を立てて顔を上げてしまった。

間の襖《ふすま》は開けたままで、隣の部屋のコタツの上にお盆がのせられているのが見える。

忍がゆっくりとその前に腰を下ろすのを見て、ナギはひょこひょこと毛布を抜け出して近づいた。

と、後ろ足に妙な違和感を感じたが、それよりも朝ご飯に気持ちは奪われている。

コタツの高さはナギが精いっぱい短い前足を伸ばして、ようやく天板に引っかかるくらいだ。

短いしっぽを振りながら、何があるのか知りたくてぴょんぴょん跳ねていると、すぐ鼻先の皿がひょい、と取り上げられた。

「まだだ。ちょっと待て」

「キュー―ッ！」

すげなく言われ、思わず抗議の声を上げると、くっくっくっ…、と忍が喉で笑った。

「ヘンな声だな。食い意地、張りすぎだろう」

端的に言われて、むかっとする。

——失礼な…。きさま…、元気になったら精気を吸い取ってやるからなっ!

心の中で中指を立てつつ、しかし視線は忍がコタツの上で何かしている手元をのぞきこもうと、まわりをうろうろしてしまう。

と、そんなナギを横目にした忍が、ふっと目を見開いた。

「うん? おまえ、足が……」

言われて、ようやく自分でも気づく。

　さっき違和感を感じた後ろ足。無意識に、かばうように浮かしてしまっている。それで歩き方がおかしかったのだろう。

そういえば、昨日から右足がちょっと痛いな、とは思っていたのだ。ずくずくと疼《うず》くような感じだろうか。

ひょい、と伸びてきた片手ですくい取られるように身体が持ち上げられ、男の膝の上に仰向《あおむ》けにすわらされた。

膝にだっこされている形で、なんだか妙に気恥ずかしい気がしたが、もちろん男の方はまったく意識していないだろう。……なにしろ、犬だ。

片手で腹を固定したまま、もう片方の手がナギの右足をそっと持ち上げて、軽く左右に動かす。ちょっと痛くて、キュゥ…、と情けない声がもれた。

「折れてはないようだが…、捻挫《ねんざ》みたいなもんか…?」

眉をよせ、自分に言うようにつぶやくと、忍が小さく息を吐いた。

「あんまり動きまわるなよ。じっとしてろ」

そっとナギを下ろし、頭を撫でてくれる。

やっぱり忍の手の感触はひんやりしていて、心地よさにとろとろしていると、朝食を分けた皿を目の前に出してくれた。

白ご飯に味噌汁《みそしる》をかけたのに、焼き鮭《さけ》とだし巻き卵。厚揚げと青菜の煮物に金時豆《きんときまめ》。昨日のおでんの残りらしい大根もしっかり食べてから、くぅぅん…、と鼻を鳴らしてみる。

「まだ欲しいのか？　あとは漬け物しかないぞ」

言いながら、ほら、と漬け物が盛られた皿を鼻先に出して見せられる。

たくあんとしば漬け。それにきゅうりと白菜の浅漬け。

かまわずコリコリと食べてしまう。おいしい。

「ホントになんでも食うな…」

感心したように忍がうなった。

ナギは満足して、ぺたっ、と腹ばいになって座布団に張りついた。

手慰みのように、男の指先が背中から脇腹《わきばら》のあたりを優しく撫でてくる。その感触が心地よくて、ナギは目を閉じた。

しばらくまどろんでいたが、やがて忍が手を止め、「今日はおとなしくしてろよ」と言うと、おもむろに立ち上がった。

学校かと思ったが、制服ではなくジャージに着替え、台所で食器を洗うとそれを持ってまた家を出る。

そういえば今日は週末だ。学校はないのだろう。ナギも、人間たちの生活パターンについてはだいたいわかっている。

――いいかげん、帰らないと……な。

忍がいなくなってから、ナギはふっと思い出した。

さすがにナギがいなくなったことに気づいて、あちこちへ飛んでいる兄たちにも知らせがいった頃だ。案外、兄たちを追いかけて飛び出したと思われているのかもしれない。

が、その兄たちにしても、今は役目があってそう簡単に帰っては来られないだろう。心配させるかな…、とは思ったが、しかしこのまま消えてしまうのは、なんだか逃げ出したようでしゃくな気もする。

それに、なんだろう……？

もうちょっと、あの男の側で様子を見ていたい気がした。いろいろと不思議な感じで、妙にすっきりしない。

なんかヘン、なのだ。だがそれが悪い方にヘンな感じではないので、妙にとまどってしまう。

好奇心というのか…、ひどく興味をそそられる。

どうしよう…、とナギは家の中をうろうろして、ハッと、おとなしくしてろ、と言われていたのを思い出し、あわてて忍がすわっていた座布団の上に身体を丸める。

そうだ。山の奥まで帰るにしても、足がこれじゃ……。

全速力で走ることはできないだろう。そうすると、昨日みたいなことがあったら今度は捕まってしまうかもしれない。

……この足が治るまで。

ここにいられる言い訳を見つけて、なぜかホッとする。

ぐずぐずといつまでも人間のところにいていいはずはないのに。危険なだけで、いいことなんかない。

……ご飯は、ちょっとおいしいけど。

でも別に、ご飯につられているわけじゃない。……と思う。

そう。人間の研究、でもあるのだ。

ナギだってそのうち、山を下りて自分の「役目」につくことになるはずだった。人間たちとより近くなるわけで、その時のためにいろいろと知識は持っておいた方がいい。

これほど人間と間近に接したことは、ナギも今までなかったのだ。

そんなことを考えながら、ゆっくりと、足に負担をかけないように、ナギは家の中を歩きまわった。

ゆうべはほとんど中の様子もわからなかったが、あらためて見まわすと、かなり質素な室内だと気がつく。家財道具などもほとんどなく、かなり使いこまれた古いコタツ机と小さなテレビ。本当にそのくらいなのだ。

そして隣の部屋には学校で使うようなものが少しと、小さなハンガーラックに制服と私服がほんの二、三着かかっているだけだった。

あとは、隅の三段ボックスに本が少しと、その上に位牌がある。横に並んだ写真立ての女性はどこか忍の面影があったから、母親だろう。その横に何か小さな木製の箱が一つ。

あまりいい暮らし向きとは思えない。

というか、ひとりで住んでるんだ…、と今さらに認識してちょっと驚いた。

家族はいないんだろうか……？　母親は亡くなっているようだったけど。

昼頃に一度もどってきた忍は、ナギに昼ご飯を持ってきてくれ、それから今度は「クラブに行ってくる」と、また家を出た。かなりいそがしい生活だ。

帰ってきたのは夕方で、それからすぐにまた着替えて出て行った。あの紺の、旅館の名前が入った印半纏を持っていったということは、旅館の手伝いなのだろう。

本当に腰を落ち着けるヒマがないんだな…、と思いながら、なんとなく戸口まで見送りに出たナギは、その戸が閉まりきっていないのに気づいた。

鍵もかけていないようだし、不用心ではあるが、戸締まりはそれほど気にしていないようだ。

わずかに後ろ足を引きずってしまうが、ナギはそっと家を抜け出して外へ出た。

ぶるっと外気の寒さに身を震わせ、きょろきょろとあたりを見まわす。

高台になっているこの家からの見晴らしは、本来もっといいはずだが、今は手入れされないままにうっそうと枝が伸びている。

少し離れたところに大きな日本家屋が見えた。あれが旅館なのだろう。

すでに宵闇《よいやみ》が落ちる中、そろそろと近づいてみる。

用心して中へは入らず、家伝いに庭をまわっていくと、いきなりいつか聞いたような女の甲高い声が耳に飛びこんできて、あわてて縁の下に飛びこんだ。

「……してちょうだい。それと、今のうちに客室のお布団を敷いておいて」

相変わらず、ギスギスした調子で用事を言いつけている。

それに逆らうことなく、わかりました、と淡々と答えているのは、どうやら忍のようだ。

このオバサンに忍はこき使われてるんだな…、とナギもだんだんとわかってくる。

「……そういえば、忍。あなた、あの犬はどうしたの？　まさか、まだいるんじゃないでしょうね？」

と、行きかけて、ふと思い出したように女将が口にした言葉に、ナギはドキッとする。

「まだ動きまわれるほど回復していませんから」

半分ばかり嘘だったが、忍が静かにそれに返している声が聞こえてくる。

「世話したって、引き取り手がいないんじゃ保健所を呼ぶしかないんだから。どうせ死ぬんだし、無駄なことをしてもしかたないでしょう」

「迷惑はかけないようにします」

やはり感情を乱すことのない忍の返事に、女はあからさまなため息をついてみせた。

自分を連れてきたことは、忍の立場では結構厄介なことのようだ。

こんな嫌味を言われながらも、面倒を見てくれているのだ……。

ナギの山の中での暮らしは、基本的には人間たちとあまり変わりはない。最近は電波も入るので、テレビを見ることだってある。

一族だけの生活だからみんな家族のようなもので、族長の末っ子であるナギは、多分、可愛がられて育ってきたのだろう。きちんと役目を負い、自由に里から出て動いている兄たちに比べて、いつまでも外へ出してもらえない歯がゆさはあったが、……本当は、その理由だってわかっていた。

ナギの力が足りないからだ。「役目」を果たすには不十分だということ。

……正直、それを自分に認めるのは悔しかった。

ナギと同い年の仲間だって、もう兄たちと一緒に里を出て役目についている者はいる。

俺だって連れて行ってもらえたら…っ、といつも思うけど、まだ危ないよ、とあっさりはねつけられる。

悔しいし、自分が情けなくも思うけど、それでも家族が自分を思ってくれていることはわかっていた。

だが忍には——そんな家族がいないんだろうか……?

たったひとり取り残される生活なんて、ナギは考えたこともない。

だけど忍は、それを平然と受け止めているようだ。怒ることも泣くこともなく、誰に愚痴を言うこともなく。

女将が行ったのを確かめてから、ナギはのそのそと縁の下から這い出し、おとなしく家に帰って忍を待った。

うっかり見つかって、これ以上、忍の立場を悪くすることはできない。

八時を過ぎた頃、夕ご飯を持って帰ってきた忍はナギの分を取り分けると、自分が食べるのもそこそこに、またすぐに出て行った。今日はゆうべのように、自分の勉強や何かをするヒマもないようだ。

真夜中に近くなった頃にようやくもどってくると、せかせかと着替えを準備する。

そして思い出したように、ナギをふり返って言った。

「風呂掃除してくるからな。……そうだ。おまえも来るか?」

——風呂っ。

その言葉に、パッとナギは心が浮き立つ。

聞かれて、くぅぅぅん、と鳴いてみた。忍の足下にすりより、行きたいっ、と全力でアピールしてみる。

風呂は好きだった。……泳ぎは、実のところあまりうまくないのだが、水に浸かるのも嫌いではない。

「吠えるなよ? 見つかったらまずい」

そんなふうに言い聞かせながら、忍は手桶の中にナギを入れ、その上からタオルをかぶせた。そのまま桶を腕に抱えて、露天風呂へ向かう。

たどり着くと、まず露天の男風呂の湯を抜いて中とまわりをブラシと引いてきたホースで掃除し、脱衣所も片づける。今でもかなり寒いが、これが真冬だと相当に厳しいだろう。

それから、再び湯を張り直した。清掃時間が二十三時から一時間とられているようだが、それ以外なら露天はいつでも入れるようになっているらしい。

そのあと細い山道をとって返し、旅館の中の内風呂へ入って、掃除の前にようやく忍は自分が風呂を使うようだ。

ナギも、持ってきた桶にお湯を入れてもらい、その中に身体を沈める。じわっと沁みこむような温かさにホッとした。

ゆったりと大きな湯船に浸かりたいところだったが、さすがに動物の姿で入れるわけにはいかないのだろう。

忍が髪と身体を洗ってから、いったんTシャツと半パン姿に着替えて中の掃除を始める。

大浴場とはいえ、家庭風呂の倍くらいの大きさしかなく、シャワーのついた洗い場が三つと、扇状の浴槽が一つだ。一応、岩風呂風になっている。

ナギは隅の方でお湯に浸かったまま、忍がブラシとタオルで手際よく掃除していくのをおとなしく眺めていた。

一通り終えてから、忍はもう一度ざっと汗を流し、着替えて出る。

どうやらこれで終了のようだが、これを毎日やっているのだろうか？　ずいぶんな重労働だと思う。

ナギもタオルで軽く乾かされ、寒い帰り道を、半纏の中に抱きこまれるようにして家までもどった。

なるほど、すぐに寝なくては湯冷めしてしまいそうだ。

「さすがに寒いな…」

家に帰ってからも暖をとる道具はろくになく、寒さは外にいる時よりわずかにマシになったという程度だ。

小さくつぶやいた忍が、ナギを見てちょっと申し訳なさそうに言った。

「……悪いな。おまえももっと暖かくしてやれたらいいんだが」

そんな言葉に、ナギは思わず忍の側によっていった。忍の手をぺろりとなめ、身体をこすりつける。

慰めるようなその様子に、忍がそっとため息をついてナギの頭を撫でた。

「厄介になってる身だからな…。しかたがないさ。高校を卒業するまでだ」

そして、なかば自分に言い聞かせるようにポツリとつぶやく。

さすがに疲れているようだった。

無理もない。今日は朝もいつもより早かったようだし、帰ってきてからもまともに休んでいないのだ。

その身体を引きずるように寝支度をする忍を見ながら、あ…、とナギは思い出した。

――毛布……。

ないとよけいに寒いだろう。

ナギは出しっぱなしだった毛布の端に嚙《か》みついて、それを引きずるようにして布団の上まで持っていった。

そして、自分も布団の上にすわりこむ。パタパタと短いしっぽを振る。

「ああ、そうだな…。一緒に寝ればいいのか」

歯を磨《みが》いてもどってきた忍が、それを見てわずかに瞬きし、ふわっと笑った。

「賢いな、おまえ」

ナギが使っていた毛布を自分の布団にかけ直すと、上布団をかぶせ、中へ入ってからナギを呼んでくれる。

「来いよ」

わずかに開けられた隙間《すきま》に、ナギは頭からすべりこんだ。その腕と胸の間に場所を見つけ、身体を丸める。

ホッ…と息をついた。温かい。

「温かいな…」

同じ思いが忍の口からこぼれて、なんだかうれしい。背中を撫でてくれる指の感触が心地よかった。

「ずっと俺が飼えたらいいんだが」

そしてため息とともに小さくつぶやいた声が、肌に沁みこんでくる。

そんな言葉がじわりとうれしく…、でも絶対に無理だと知っていたから、ちょっと胸が苦しかった……。

それから数日、ナギは迷いながらも帰らなかった。

「元気になったのはいいが、俺のいない間、旅館の中をうろうろするなよ。女将に見つかると追い出されるからな」

そんなふうに言われていたので、用心しながら昼間はこっそりと、旅館の中を探検していた。

忍の生活パターンもだいたいわかってくる。

朝、六時に起きて、内風呂にお湯を張る。玄関先を掃除し、厨房を手伝って、朝食を家に運んできて食べる。平日なら学校。休日なら客間の掃除などをして、昼ご飯。夕方、学校から帰ると、庭の掃除をして、客が食事場で夕食を食べている間に布団を敷き、そのあとで自分の夕食。そして風呂掃除だ。

……すごく働いている。気がする。

合間にきちんと勉強もしているし、たまに竹刀《しない》で素振りをしているのも見かけた。

ストイック、というのか。無駄なことがまったくない。

なんだか自分は遊んでばかりなのかな…、とナギはちょっと反省してしまう。

修行はしているけど、一族に与えられた役目すら、まだ自分は果たせていないわけだし。

この夜、忍が眠ってから、ナギはそっと布団を抜け出した。忍が学校に行っている間、たっぷり昼寝をしていたのであんまり眠くなかったのだ。

ひさしぶりに身体を伸ばして、温泉に入りたかった。いつも桶の風呂には入れてもらっていたが、やっぱりもの足りない。

深夜の二時をまわり、さすがに旅館の中も寝静まっているようだった。

客室は全部で八つくらいだろうか。しかしそもそも、客自体、毎晩ひと組ふた組、あるかないかという気がする。

露天は、ナギの里の山と渓谷を眺められる場所にあった。古びた東屋《あずまや》が一角にあり、小さな明かりがぼんやりと透明な水面を映し出している。

「ふぁー……」

ひさしぶりに人の姿になると、ナギは思いきり手足を伸ばし、ゆっくりと湯に浸かった。

身が凍《し》みるような空気の中、身体が芯からじわじわと温まってくる。

――どうしようかな……。

ちゃぽんと首まで浸かって、ナギはぼんやり考えた。

いつまでもこのままというわけにはいかない。本当はすぐにでも、山へ帰らなければならないはずだった。足の方ももうほとんど、問題ないくらいによくなっている。

一度帰って…、また来ることはできるだろうか？

だがしばらくは厳重に監視されるだろうな…、と思う。距離的にも、山からだいぶ下ったこのあたりまでは、そんなに頻繁に顔を出すようなこともできない。

俺がいなくなったら……忍は淋《さび》しがってくれるのかな……？

湯たんぽ代わりにでも。

せめて冬を越すくらいまで、一緒にいられたらいいんだけどな…。

と、そんなことを考えていたせいか、すぐ背中に近づくまで、ナギはその気配に気がつかなかった。

ガサッ…、と草を踏む音がふいに耳に届き、ハッとふり返る。

と、目の前に忍が立っていた。

「なっ……！」

思わず目を見開いたまま、ナギは硬直する。

言葉にならなかった。

「誰だ、おまえ？」

不審げな眼差しでじっとナギを見つめ、厳しく忍が問う。

落ち着いた様子だったが、さすがの迫力だ。

「客……じゃないな？　おまえみたいな若い客は今日はいなかったはずだ」

はっきりと指摘され、ますます言い訳に困る。

「お…俺は……、その……」

まずい、と思ったが、しかし考えてみれば、今のナギの姿があの拾った犬だと忍にバレるはずはない。

こっそりと深呼吸してから、ようやくナギは言葉を押し出した。

「……見逃してくれないか？　ええと…、俺、家出中なんだ。キャンプ場に来てみたんだけど、寒くて……風呂、入りたくて」

そんな言い訳に、忍が眉をよせる。

「家出？　甘えるな。帰る場所があるんなら、さっさと帰った方がいい」

「そ…そうなんだけど……っ」

腕を組んで冷たく言われ、さすがにナギはちょっと身を縮める。

忍の境遇がなんとなくわかるだけに、反論できない。

「帰る……けど、今はまだ帰れないんだ。その、ちょっと事情があって」

必死に言ったナギに、忍がため息をつく。

「事情は知らんが、いつまでもそこにいるつもりじゃないだろう。さっさと出ろ」

ぴしゃりと言われて、のろのろとナギは湯から上がった。縁を囲っている低い岩の上に、しかたなく素っ裸で立つ。

「おまえ……」

さすがに真正面から見られるのが恥ずかしく、片手で前を隠すようにしてちょっと横を向くと、忍が驚いたように目を見張った。

真っ裸の男がめずらしかったのか、……あるいはナギがあまりにイイ男、だと認識したからだろうか？

なにしろ、人間的基準で言えば美形ぞろいの一族で、ナギだって人に化けて縁日に行った時なんかは、女の子の視線を集めたものだ。

忍はしばらく声もない様子だったが、わずかに頭をふり、肩で大きく息をつく。

「マジかよ…」

「あ、あのさ…、今晩、あんたんちに泊めてくれないか？」

ナギは思い出したように、勢いこんで言った。

「お礼はするからっ」

「礼はいいが…、おまえ、服は？」

「あ、えーと…。その、さっきそこの岩場から下に落ちた」

到底まともな言い訳とは思えないが、他にどう言いようもない。もともと着ていなかったのだから。

忍がもう一度ため息をつき、待ってろ、と言い残すと、すぐ横の脱衣所の中に入っていく。

そして洗いざらしの浴衣《ゆかた》を一枚、持って出てきた。

「湯冷めするぞ」

言いながら、浴衣を広げ、肩から羽織らせてくれる。白地にえんじ色の文字で旅館の名前が入った浴衣だ。

ほら、と帯も渡されるが、ナギがもたもたしていると、結局、忍が結んでくれる。そして自分の着ていたベンチコートを脱いで、その上から着せられた。

忍はパジャマ代わりのシャツ一枚の上にそれを羽織っただけで出てきたらしく、ずいぶんと寒そうだ。

さすがに身震いして歩き出した背中を、ナギはとまどったまま眺めてしまう。

と、ついてこないナギに気づいてふと足を止めた忍が、怪訝《けげん》そうにふり返った。

「来ないのか?」

言われて、ナギはあわてて追いかけた。

男の背中にぶつかりそうになって、なんとか止まる。人間の時だと、身長差は十五センチくらいにもなる。

「いいのか…?」

ちょっとうかがうように尋ねてみた。

見ず知らずの男を、こんなに簡単に家に入れて。

「行くところがないんだろう? こんな日に河原で寝てたら凍死するぞ」

ぶっきらぼうな言い方で、でもやはり、動物でも人間でも、面倒見のいい男だ。

ナギは忍にくっついて家にもどった。

すでに馴染《なじ》んだ家だったが、目線の高さが違うとちょっと新鮮だった。ただ、さらにものの少なさが目立って、閑散と、寒々しく見える。

「えっと…、どうしてこんな時間、あんなとこに来たんだよ?」

奥の部屋の、乱雑にめくり上げられた布団を眺めて、ナギは思い出したように尋ねた。

寝ていたところをわざわざ起き出してきたらしいが。

「ああ…、犬を探しにな」

忍が台所で湯を沸かしながら、なんでもないように答える。

「犬…、飼ってるのか？」

「飼ってるってわけじゃないが」

ちょっとドキドキしながら聞いたナギに、やはり忍はあっさりと言った。

その素っ気なさにちょっとしゅん…、としてしまう。

「奥へ上がれよ」

そして急須から湯飲みにお茶を二つ淹《い》れると、廊下にすわりこんで足をぶらぶらさせていたナギに顎で奥の部屋を指しながらうながす。

う…。やっぱり事情をいろいろと聞かれるんだろうな……。

のろのろと座敷へ上がりこみながら、ナギは内心であせった。

それは当然のことだろう。しかしこれ以上、どんな言い訳をしたらいいのか、まったく思いつかない。家の場所とか、家出した理由とか聞かれたら、すぐにボロを出してしまいそうだ。

「あのっ…、ええと」

コタツの前にすわって、目の前におかれた湯飲みを両手で持ち、必死に頭をめぐらせる。

正念場だ、と思う。

そうだ。ナギにしても、いずれ役目のために人間たちに交じって暮らすことになるかもしれない。というか、ナギとしては早く里を出て、そうしてみたい。

つまり人間のふりをして人間社会で生活基盤を作るわけで、兄や仲間たちの中には、すでに「仕事」を持っている者もいる。

大切なのは、日常に人間とつきあっていて怪しまれないこと、なのだ。

その擬態《ぎたい》する上での必要に迫られて身についた能力なのか、ナギたちの一族にはある特性があった。

簡単に言えば、フェロモン――のような。

狙った相手を、色仕掛けでたぶらかすことが、騙《だま》すことができる。

見た目がいいというのもその一つなのだろうが、相手に好意を持たせることができる。人間の方から言えば、好意を持った相手には自然とガードが緩むわけだ。

だから、一族の中では自然と「人間をうまくたぶらかすことができれば一人前」という暗黙の了解があった。

兄弟たちで人間に姿を変えて街へ出た時などは、誰が一番たくさん声をかけられるか、というのをゲームのように競うこともある。

……たいていいつも、ナギはびりっけつだったけど。

兄たちが圧倒的にキラキラしく、力強いオーラを放つ中では、ほとんど目立たない存在だったのだ。

よし…、とナギは腹を据えた。

ここでうまく忍をたぶらかして、しばらくこの家に居すわることができれば、ナギとしても一人前になれたことを証明できる。ちょうどいいテストケースだった。帰った時、兄や他の家族たちにも、少し帰りが遅くなった言い訳にもなる。

「コート。家の中だと暑いだろう」

と、立ったままの忍に手を差し出して言われ、あ、と思い出して、ナギは湯飲みをコタツにおくと、着ていたベンチコートを脱いで返す。

「ありがと……。あ、あのさ…っ」

そしてそれをハンガーラックに掛けてもどってきた忍に、ナギは膝立ちするような体勢で思い切って口にした。

「お礼…、するよ。その、泊めてもらうんだし」

「金ならいいぞ」

だが忍はあっさりとそう言うと、ナギのはす向かいの座布団にすわりこむ。

眠そうにあくびをしながら、湯飲みに手を伸ばす。

「いや、お金は持ってないから」

ナギはあわてて首をふった。

「じゃあどうやって？」

ずるずると茶をすすりながら、気のない様子で聞かれる。

そのあまりの素っ気なさに、ナギは、あれ…？　と思いつつも言葉を続けるしかない。

いや、兄たちならこのへんで相手から何かモーションがあるとか、意味ありげな、駆け引きめいた言葉があるとか、期待めいた眼差しで見つめられるとか……何かもっと違う反応が見られるはずなのだが。

「だから、えーっと…、その、カラダ…で」

「カラダ？」

忍がぷっと吹き出した。

何かをこらえるように口元を片手で覆うが、明らかにその目は笑っている。

いつもポーカーフェイスな忍だったから、よけい鼻で笑われたようでムカッとする。

「あんただってその年なんだし、興味はあるんじゃないのか？」

誘うように言いながら、ナギは動物の時のように両手をついて、じりじりと膝で這って忍に近づいた。

顔はにっこりと愛想よく笑ってみせ、折しも浴衣姿で効果は抜群――のはずなのだが。

「いいよ。間に合ってる」

素っ気なく、ぺちっ、と額をはたかれる。

軽くあしらわれ、ナギはだんだんと意地になってきた。

そもそもあれだけこき使われて、部活にもいそがしくしているのなら、女の子とつきあっているヒマもないはずだ。普通にたまっていてもおかしくない。

「ダメだよっ！　それじゃ、俺の気がすまないしっ！」

憤然と言い切ると、ナギはほとんど飛びかかるようにして忍の身体を押し倒した。

「あのな…」

畳に肘《ひじ》をついてあやうくナギの身体を受け止め、なかば腰の上に抱きかかえるようにしながら、忍がため息をつく。

鼻息も荒く、気合いいっぱいで見下ろすナギの顔を見上げて、指先でナギの頬《ほお》をつっつきながら忍がおもしろそうに言った。

「でもおまえ、男だろう？　何をしてくれるんだ？」

「……えっ？」

指摘されて、ようやく気づく。

そういえばそうだ。いや、そもそも、たぶらかすといっても最後まではいかず、いかにギリギリでかわすかというのがテクニックだ――、と兄たちはよく話し合っていたのだが。

なにしろ、妖怪と人間なのだ。うかつにつがってしまうとさすがに問題がある。

一番問題なのは子供ができることだが…、まあ、そういう意味では、男同士なら心配はない。

……が。

ギリギリ、ってどのへんだろう……？

今さらながらに、どこまでどうしたらいいものか、悩んでしまう。

それはもちろん、男兄弟の中で育ったナギだ。それなりにそれなりのエロ話はしていたし、兄弟の間でふざけて触りっこをしたこともある。神社の裏とかで、こっそりといけないことをしている——しかも結構派手に——人間たちの姿を見かけたこともあった。

人間たちのいやらしい、その手のビデオを見たこと——兄に見せられたこともあるし、自分でだってこっそりしたことはあるし、ナギも知らないわけじゃない。

「え…ええと……」

しかしいざ本番となると、とたんにうろたえて、しかし今さらこののしかかった体勢で引くこともできず、ナギはおそるおそる手を伸ばした。

色も落ち、生地も薄くなっている忍のシャツの下から手をくぐらせると、そっと腹のあたりを撫でてみる。

硬い腹筋に直に触れて、ナギの方がドキッ、とした。

なんだか身体の芯がうずうずするような、そわそわしてしまうような、ヘンな気持ちだ。

ナギはそのまま両手で忍の脇腹のあたりを撫でてみたが、……それでどうにかなるものでもない。

ちろっ、と探るように男の顔を見上げてみると、忍がくすぐったそうにナギを見下ろし、にやりと笑った。

「どうした？　それで終わりなのか？」

両手を腰の後ろのあたりで畳についていて、ずいぶんとリラックスした様子だ。

どうせ何もできないだろう、とタカをくっているようで、さらにムッとして、ナギはぐっ、と男の綿のパンツに手をかけた。

下着と一緒にそのまま一気に引き下ろすと、目の前に男のモノが現れる。まだ反応はしていなかったが、それでも結構な大きさだ。

一瞬たじろいだが、ナギはそっと息を吸いこんだ。

――なめれば……いいんだよな……？

気持ちよくなるはずだ。

自分に確認しながら、ナギは思い切って顔を近づけた。

とたん。

「バカ」

「いたたたたっ！」

いきなり両耳が引っ張られ、そのまま顔が持ち上げられる。

「はっ…離せよ…っ」

涙目で噛みつくと、手を離した忍がどこかあきれたように頭をかいた。

「いきなりソレなのか？　もうちょっと手順があるだろう」

「手順……？」

ナギはうかがうように、ちょっと拗《す》ねた目で男をにらみ上げる。

「まあ…、そうだな。まずはこのへんからいった方がいいんじゃないかと思うが」

淡々とした口調で言ったかと思うと、いきなり男が両腕を伸ばしてナギの腰を抱き上げた。

そのまま、くるりと身体の向きが変えさせられ、背中から膝の上に抱き直される。

「なっ…、なにす……――ひぁ……っ」

すでにかなりはだけていた浴衣の裾が払われ、右手がナギの右足をするりと撫で上げた。

太腿から膝のあたりまで。そして足の付け根から、内腿へと指が伸びる。

とっさに足を閉じようとしたが、左足は下から抱えこむようにして膝がつかまれ、その膝を立てるようにして大きく広げられた。

「やっ…！　なっ……あぁぁ……っ！」

無防備にさらされたナギの中心が、男の手にあっさりと握りこまれる。

そのまま軽く上下にこすられて、ナギはぎゅっと目をつぶったまま、こらえきれず腰を揺すった。

じわじわと疼くような甘い熱が、身体の芯から湧《わ》き出してくる。

本体だった時、頭や背中を撫でてくれたあの手が、今、自分のモノに触れているのだ…、と思ったら、さらにカッ…、と頬に熱が上ってしまう。

あっという間に、ナギの中心は男の手の中で硬く張りつめていた。先端からは透明な滴《しずく》がにじみ、男の手を汚してしまう。

「やだ…っ。や……、離せ……っ」

ナギは必死に逃れようとするが、甘く痺《しび》れる腰に力が入らない。

男の手は強弱をつけて、巧みにナギのモノをしごいていく。

「離していいのか？　ずいぶん気持ちがよさそうだけどな…」

耳元でかすかに笑うように聞かれ、ナギはどうしようもなく唇を噛んだ。

ずいぶんと荒れた、皮膚の硬い指先に敏感な先端がもまれ、にじませたものがすくい取られて、きつく茎にこすりつけられる。根本の球が優しくもみしだかれ、張りつめた先からさらなる蜜を溢《あふ》れさせる。

「ひっ…、あっ…、あ……っ」

初めて味わう刺激の大きさに、ナギはどうしようもなく男の腕の中で身をよじった。

身体がどんどんと熱を上げる。身体の中で何かがいっぱいになって、今にも弾けそうで。

「や…ぁ…っ、もう…っ……出る…っ、……出る……っ！」

口走った瞬間、どくっ、とナギは熱い塊を吐き出していた。

何がどうなったのかもしばらくはわからなかった。ただ呆然《ぼうぜん》と荒い息をついて、頭の中はぼーっとしたままだ。

それでも、ナギが出したものに汚れた男の手を目の前に見て、つまり自分がイカされてしまったのだ…、とようやく認識し、カーッと耳まで赤くなった。

——そ、そんな……そんなの……っ。

あるはずがない。こんなはずではなかったのに。

もう頭の中がぐちゃぐちゃだった。

忍は落ち着いた動作で手をティッシュで拭《ぬぐ》い、ふぅ…、と背中で息をついた。

密着したままの身体は熱をはらみ、忍の呼吸までも感じられるようだ。

「おまえ…、名前は？」

「え……？」

と、背中から静かに聞かれ、ナギはとまどった。

「名前、あるんだろう？」

そうだ。まだ名前も言ってなかったのだ…、と思い出す。

もう何日も一緒にいたのに。

「……ナギ」

「そうか…、ナギというのか」

口の中でくり返してから、忍が小さく吐息で笑った。

それがかすかに首筋にあたって、ちょっとくすぐったい。硬い指先が、汗ばんだナギの前髪を優しく撫で上げる。

そして穏やかな声で忍が言った。

「好きなだけここにいればいい」

◇

◇

やっぱり普通の犬じゃなかったわけだな……。

と、忍《しのぶ》は内心で大きなため息をついていた。

もっとも、これほど普通じゃないとは思ってもいなかったが。

妖怪モドキ…、なのか。

ナギ、というあの男が、自分が拾った犬だというのはすぐにわかった。なにしろ、露天風呂で見た時、しっぽが出ていたのだ。犬の時と同じ、ピッ、と伸びた短いしっぽが。

頭隠して尻隠さず、というところだろうか。

本人はどうやら気がついていないようだったが、しかし必死に人間のふりをしていたので、忍としてもそれを指摘してやるのが気の毒な気がして、そのまま乗ってやっていた。

驚かないわけではなかったが、目の前にいる以上、まあ、そういうこともあるか…、と思うしかない。小さい頃から普通に「動物憑《つ》き」を見ていたから、今さら実体化したところでどうということはなかった。

それに、ナギは見た目、おどろおどろしい妖怪というわけでもなかった。

むしろちょっと間が抜けているくらいで、妙に憎めなくて……カワイイ。

犬はもちろんのこと、ナギもあの夜から忍の家に居候《いそうろう》をしていた。

そして布団が一つしかないので、夜はあたりまえのように忍の布団にもぐりこんでくる。犬の時は小さくて、腕の中に収まるくらいだから問題はないが、人の姿の場合、さすがに腕にはあまる。しかし犬の時と自分が変わっている意識がないのか、かまわずナギは忍にくっついてきて、足を絡めるようにして眠っていた。

ああいうことをしておきながら——というか、されておきながら、だ。

ナギに迫られた時には、一生懸命な様子にちょっとイタズラ心が生まれて、つい挑発するようなことを言ってしまった。

本当は忍も、あそこまでするつもりはなかったのだ。だがまさか、ナギが口でしようとするとは思わなくて。あの様子では、とてもまともな経験などないくせに、バカなことを考えないように、と、ちょっとからかって、すぐに許してやるつもりだった。

……それが。

正直、途中で止まらなかった、というのが正しい。

腕の中であえぐ顔や、口とは反対にねだるように必死に忍の腕をつかんでくる仕草がひどく扇情的で…、無防備で可愛くて。

何か、身体の奥に眠っていたものがたたき起こされたようだった。

生理的な欲望というものを、忍も感じたことがないわけではない。この年の、健全な男子高校生なのだ。

しかし同級生の女子に告白されたことはあったが、好き嫌い以前にまともにつきあう時間がとれるはずもなく、面倒だという思いが先に立っていた。

つきあったらつきあったで、時間だけでなく金もかかる。そして時間も金もかけてくれない男に対して女子がどう思うか、というのも、容易に想像することはできた。

……あるいは、それを押してもつきあいたいと思う相手がいなかった、というだけのことかもしれない。

たまに自分で処理することもあったが、色恋に流れない自分は、十分に精神修養ができているつもりでいた。

が——どうやらまだまだだったらしいな……、と嘆息してしまう。

こんな……妖怪モドキに流されるとは。

ナギはあれからも時々、思い出したように「礼」を迫ってきた。礼と言いながら、ずいぶんと鼻息が荒く、必死な様子で。

ただそれだけに、色気はあまりない。可愛くて、おもしろいだけだ。

なので、忍はいつも返り討ちにしていた。

腕の中でナギが涙目になって、必死にこらえようとする顔や、結局こらえきれずに快感を追いかける陶酔した表情に、やばいな…、と自分でも思う。

イッてしまったあとの悔しそうな顔も。

身体の奥にじわりと熱がたまるのを、否応なく自覚させられる。

わかっているのならやらなければいいだけなのだが、忍もナギが仕掛けてくると妙に楽しくて——そしてあの顔が見たくて、つい、手を出してしまう。

まずいだろう…、と思ってはいた。

相手は男で、——いや、それ以前に、人の形をしていても人ではない生き物だ。

それでも自分の腕の中で一番素直な姿を見せ、夢中でしがみついてくる存在がうれしくて、……愛《いと》しかった。

ナギは忍がいる時はたいていい人間の姿だったが、学校に行っている間は犬の姿で旅館の中をうろうろしているようだった。不審な男がうろつくよりはマシなのだろうが、しかし女将に見つからないかとハラハラしてしまう。

かといって、ずっと閉じこめておくわけにもいかなかった。犬にしても、妖怪にしても、そんな不自由な目にあわせたくはない。

奨学金を受けている以上、クラブ活動にも力を抜くわけにはいかないが、それでも忍はなるべく早く帰るようにしていた。まあ、帰ったら帰ったで、旅館の仕事を言いつけられるだけではあったが。

単調で代わり映えのない生活が、ナギがいると毎日が新しかった。

ナギは、忍とは違っていつも素直に自分の感情を表に出す。というより、隠すことができないのだろう。おいしそうにご飯を食べ、好奇心旺盛で、いろんなことを忍に尋ねてくる。それに転げるように笑ったり、怒ったり、拗《す》ねたり。

自分の境遇も、日々の仕事が大変なことも、それで自分の時間がとれないいらだちも、ナギと話していると忘れられた。

自分でも気づかないままに、いろんなことが鬱積《うっせき》していたのだろうか。

ナギが来てから、どこか気持ちが楽になっていた。肩からよけいな力が抜けたのかもしれない。

ナギが「普通のモノ」ではないせいで、それに引かれるのか、このところあたりを浮遊している「妙なモノ」がやたらと目につくようになった気はしたが、まあ、今のところさほど不都合はなかった。多少、うっとうしいくらいで。

……もちろんこの時は、それがどういうことなのか、忍にわかるはずもなかったのだ。

この日もいつもより少し早めに帰った忍を、家でナギが待っていた。

「おかえりっ」

弾んだ声を上げて、奥から跳ねるように廊下に出てくる。

忍の貸したトレーナーとジーンズを穿《は》いているので、上はだぼたぼで下は何重にも折り返していたが、そのへんは我慢してもらうしかない。

「ただいま」

穏やかに返しながら、まだいてくれてよかった…、とホッとする。

おかえり、と言ってくれる声が胸に沁《し》みるようだった。母が死んでから、そんな言葉を聞くこともなくなっていたのだ。

「おみやげだ」

「わっ！」

スポーツバッグの一番上から出したのは単なるコンビニの菓子パンだったが、ナギはパッと顔に満面の笑みを浮かべた。

両手でそれを受けとると、ホクホクと袋を破って幸せそうな顔で食べ始める。

それを眺めながら、忍はカバンを奥へ運び、洗濯物を出して洗濯機へ放りこんだ。

ジャージのままで帰ってきたので、着替える必要はなく、その上に半纏《はんてん》を羽織れば手伝いに入れる態勢だった。制服は部室のロッカーに入れっぱなしで、たいがい朝練をしてから授業に出るので、登校もジャージで間に合っている。

武道全般に名門と言われる学校だけに、防具などもきちんと管理できる広い部室があり、剣道着もそこで洗濯できるので、通学はかなり楽だった。

ナギが来てから――というか、犬を拾ってから、すでに十日ほどがたっていた。

女将にはまだ見つかっていないようだが、しかしいつまでも隠し通せるものではないだろう。

ナギにしても……いつまでいられるのか。

人間の家出少年ならいつまでもおいてはおけないが、妖怪ならかまわないだろうか？

他に行く場所がないのなら。

人間のナギなら……頼めば、手伝いとしておいてもらえるだろうか？　だが人間なら、まず素性は聞かれるはずだし、明らかに未成年だ。親元に連絡を、と言われるだろう。

それにもし正体がバレたら、どうされるのかもわからない。いきなり殺されることだって、あり得ないわけではないのだ。

それを思うと、ぞっとする。

——もっと俺が自由に動けたらな……。

まだ高校生であることとか、自分自身が居候《いそうろう》の身であることが、今さらながらどうしようもなく悔しくなる。

しかし先のことを考えても、せめて高校は卒業した方がいいだろうし、そうするとあと一年くらいはこのまま我慢するしかない。

忍はそっとため息をついた。

「お茶を淹《い》れるか？」

そしてパンにかじりついているナギを見ながら声をかけると、返事を待たずに忍は湯を沸かし始める。

と、その時だった。

「ちょっと、忍！　あんた、帰ってるの？　帰ってるならさっさと帳場に顔を出してちょうだい！」

いきなり甲高い声が響いたかと思うと、ガラッと勢いよく扉が開かれた。

あっ、と思った時には、すでに目の前に女将《おかみ》の姿があって、忍は思わず息を呑《の》んだ。

正直、驚いた。女将は小言は多いが、基本的に忍の生活には関わらなかったし、むしろ知らないふりで無視していることが多かった。わざわざこの家まで足を運んでくることなど、母が死んでからはほとんどなかったのだ。

もちろん廊下にすわりこんでいたナギに、とても隠れるヒマなどない。

真正面から顔を合わせてしまい、ナギも大きく目を見開いたまま固まっていた。

「……誰なの、その子は？」

他に誰かいるとは思わなかったのだろう。いくぶんとまどったように、しかし不審げにじろじろとナギを眺める。

「友達です」

しかたなく忍はそう答えた。

だが今まで忍が友達をこの旅館に連れてきたことなどなく、いかにも疑わしそうだ。

「友達？　……悠長に遊んでるヒマがあるなんて、おまえ、サボり癖《ぐせ》がついたみたいだね。困ったもんだよ」

厚化粧の顔にいらだたしげな険を刻み、女将がいかにもな調子でため息をついてみせた。

「なっ…なんだよ、因業《いんごう》ババア…！　忍はいつだっていっぱい働いてるだろ！」

と、その言葉にナギがいきり立って叫んだ。

「なっ…、い…因業ババア…って、この子、どういう口の利き方なのっ！　親の顔が見たいもんだわねっ」

女将が目を吊《つ》り上げてナギをにらむ。

「ナギ」

それをギッとにらみ返し、今にも飛びかかりそうになっていたナギを、忍はあわてて前に立つようにして背中でかばった。

目の前に立った忍に、女将が憎々しげに吐き出す。

「あんたもろくな友達が選べないみたいだね。まあ、母親からして父親のわからない子供を産むくらいだからね…。どうせろくでもない男だったんだろうけど」

「女将さん…！」

母親のことを言われ、忍も一瞬、頭に血が上った。

思わず息をつめ、グッ…ときつく拳《こぶし》を握って目の前の女をにらみつける。

女将がさすがにたじろいだように視線をそらせた。自分でも言い過ぎた、と思っているかもしれない。

「遊んでるヒマがあったら、さっさと玄関先の荷物を奥へ運んでちょうだい…！　いつまでもあそこにおいておくわけにはいかないでしょっ」

忍からは視線を外したまま、吐き捨てるように言う。

「……すみません。すぐに行きます」

忍は大きく息を吸いこみ、ようやくいつものように淡々と返した。

これでナギがここで働くという可能性は消えたな…、と内心で冷静に思いながら。

「早くしなさいよっ！」

捨てゼリフのように言い放つと、女将は忌々《いまいま》しげにバンッ、と戸をたたきつけて出て行った。

一瞬の嵐のようで、忍もナギもしばらく呆然《ぼうぜん》と閉まった扉を見つめてしまう。

いったい、何をしに来たんだろう…？　と怪訝《けげん》に思う。特別な用があったようでもないのに。

実際、ここ数日の女将の様子は、少しおかしかった。忍とも、もともと折り合いがいいとは言えなかったが、今まであんなに感情的になるようなことはなかった。まして、死んだ人間のことをどうこう言うのは。

忍だけでなく、他の従業員に対してもずいぶんといらだった様子で当たり散らしていたし、客に対してさえ、無頓着な言動で顰蹙《ひんしゅく》を買っているようだ。……少なくとも客の前では、愛想笑いを絶やしたことはなかった人だが。

と、静まりかえった中にしゅんしゅんと湯の沸く音が聞こえてきて、忍はあわててコンロのスイッチを切った。

「あのくそババアっ！　あいつ、昼間はヒマそうにテレビドラマ見て、けらけら笑ってるんだよっ!?　自分じゃ、まともに掃除の一つもしないくせにっ！　なんだよ、あの言い方っ！」

後ろでナギが、廊下を足で踏み鳴らしながら叫んでいる。

どうやら昼間にナギは、おそらくは犬の姿で、そういう場面を見ていたらしい。

「暴れるなよ。古いんだ。床が抜けるぞ」

途中になっていたお茶を淹れながら、忍は落ち着いて言った。

「忍はっっ！　あんなこと言われて悔しくないのっ!?」

湯飲みを持ってふり返った忍をにらみつけるようにして、ナギが嚙《か》みついてくる。

なぜか両目に涙をためていた。

悔し涙のようだ。……自分のことでもないのに。

「ナギ…」

そのことに胸が熱くなるようで、忍はちょっと微笑《ほほえ》んだ。手にしていた湯飲みを少し離して端におくと、とん、と廊下に膝《ひざ》をついたナギの髪をそっと撫《な》でた。

「忍はサボってなんかないよ…っ！」

ぎゅっと唇を嚙みしめて、抗議するようにナギが声を上げる。

「あ…あんなこと…っ、言わせとくことない……っ」

ほとんどしゃくり上げるようにして、忍の胸につかみかかり、拳を固めて怒りをぶつけてくる。忍にぶつけるのはおかしいが、他にぶつける先がないのだろう。

忍はそっとその身体を抱きしめてから、背中を軽くたたいてすわらせた。一緒に、自分もその横に腰を下ろす。

「今、旅館の経営はかなり苦しそうだからな…。そうでなくとも、女将さんも気が立ってるんだよ」

そしてなだめるように言った。

これから冬場に入ると、特に売りのない旅館はどんどんと客足が落ちる。

それでいらだっているのだろうか……？

客が少なければそれだけ仕事は減りそうなものだが、そもそも旅館の仕事は客がいようがいまいが、基本的なメンテナンスにかかる仕事量は同じなのだ。客が多ければ、仲居をもっと雇うこともできるし、そうなれば忍の負担も減るのだが、それができずに従業員は減る一方で、サービスの質も低下し、悪循環に陥っている。

雪が降れば忍の雑用もさらに増えるだろう。

「俺…、迷惑かけてるんだよな…。出てった方がいい？」

今さらながらにしょんぼりして、膝を引きよせて抱えながらナギがつぶやいた。

「いや」

そんな言葉に、忍は短く、しかしきっぱりと答えた。

「ご飯も…、半分、とってるし」

「飯の心配はしなくてもいい。叔父さんは好きなだけ、持っていかせてくれるからな」

多少、忍とも血のつながりがある叔父は、忍のことを気の毒がっていろいろと世話をしてくれていた。……まあ、女将である妻には頭が上がらないようで、こっそりと隠れて、ではあったが。それでも厨房は叔父の管轄なので、食事に関して不自由はない。

「父親がわからない……って……？」

上目遣いに様子をうかがうような顔で、ナギが小さく尋ねてくる。さっきの女将の言葉が気にかかっていたようだ。

それにさらりと忍は答えた。

「俺は自分の父親の顔を見たことがないんだよ。写真もないし。母さんと出会ってからほんの半年くらいで父さんは姿を消したみたいで…、そういうのは、世間一般じゃ遊ばれたっていうんだろうけどな。でも父さんの話をする時、母さんはいつも笑ってたよ。あの人の子供がいてよかった、って」

捨てられたんだろ？　と、忍自身、子供の頃、母に向かって辛辣《しんらつ》に尋ねたこともある。だが母は、首をふって言ったただけだった。

『あの人は行かなくちゃいけなかったの』

意味がわからなかった。要するに、妻子のもとに帰らなくてはいけなかった、ということじゃないのか…、と、そんなふうに冷めた気持ちで考えていた。実際にそんなところなのだろう。

真相はわからない。

父を捜そうにもろくな手がかりはなく、母の遺品に父からの手紙とか名前を記したメモとか、そんなわかりやすいものもなかった。

──ただ。

「不思議な人だった、って言ってたな」

「不思議な……？」

ナギがちょっと首をかしげた。

実際、子供に、父親のことを語るにしてはめずらしい言い方だと思う。

不思議な人、という意味が、子供の頃の忍にはわからなかった。いや、今もはっきりとはわからないが、もしかすると忍が「見える」ことと関係があるのか？　と考えたこともある。

その「不思議な」父の遺伝子を、忍はどうやら受け継いでいるのかもしれない。

子供の頃、「何か見える」と初めて母に言った時、ちょっと驚いたような顔で、しかしうれしそうな顔をして笑っていた。

自分の子供が、ヘンなモノが見える、などと口走ると、普通なら心配するところだろうが。

母はただ、「そう。でもそれは全部恐いものとは限らないんだって」と、そんなふうに言っていた。

やはり父が、そう言ったのかもしれない。

「父さんは俺が生まれたことも知らないいんじゃないかと思うよ」

忍は静かに言った。

父親に対して、忍は自分がどんな感情を持っているのか、正直、よくわからない。恨む気持ちはないが、かといって会いたい、と切実に願うわけでもない。家庭のある人なら、今さらこんな大きな息子が現れても迷惑なだけだろう。

だが、今は初めて感謝する気持ちになっていた。

もしこんなふうに妖怪が……ナギが見えることが、ナギの声が聞こえることが父の血のせいであれば。最初に川を流れてきた時、ナギの助けを呼ぶ声が聞こえたのが、父の能力を受け継いだものであったとすれば。

それがなければ、何もわからずにナギはそのまま海まで流れていってしまっていたかもしれないのだ……。

「もしお父さん、忍のこと知ってたらうれしいと思うよ…？」

ふっと、ナギの声が聞こえてきた。

ハッと横を向くと、ナギが大きな目でじっと忍を見上げている。

目をそらすことなく、まっすぐに。

その温かい思いが、忍の胸を静かに満たしていく。

「そうだといいけどな」

忍はそっと微笑んだ。

そして手を伸ばして湯飲みをとると、ほら、とナギに渡してやる。

廊下に落ちていたパンの袋に気づいて、手元に引きよせた。かじりかけの、三分の一ほどが残ったままだ。

「食べないのか？」

それをナギの目の前で軽くふってやると、ナギがあわててがしっ、とつかんだ。

「食べる」

もぐもぐと食べ始めたナギの頭に手を伸ばし、やわらかな髪をそっと撫でる。

女将の言い方は確かに腹が立ったが、しかし代わりにナギが言ってくれた言葉がうれしかった。

それが力になる。顔を上げて、まっすぐに生きていく力に。

しばらく忘れていたそんな力が、身体の奥底からよみがえってくるようだった。

今まで、母とふたりきりの生活は苦しく、忍も中学校の頃からアルバイトをして家計を助けていた。だがそれは、忍にとって別に苦ではなかった。母を助けられるということがうれしかったし、母を守っていくのだ、という思いが、自分の強さでもあった。

だが突然、その母がいなくなって、これからはひとりで生きていくのだと……その覚悟はつけていたが、何か、足りなかったのだ。

やはり淋《さび》しかったのだろうか……。

ナギが来て、初めてそのことに気づいた。

手放すのがつらかった。

ずっと一緒に暮らせたら楽しいだろう。

ずっと一緒にいられたら、温かいだろう……。

ナギが……人の中で暮らすのが大変なら、ずっと自分が守ってやりたい、と思う。

——もちろん、自分の勝手な思いなのかもしれないが。


それはふだんと変わりのない、放課後の部活の時だった。

この日は今度の錬成会《れんせいかい》に出る部員を中心に、道場で試合形式の稽古《けいこ》をしていた。

「おい、忍。どうした？」

向き合っていた墨田《すみだ》の怪訝そうな声に、防具越しにも明らかに違う方向を眺めていた忍はハッと我に返る。

「……あ、いや」

短く返し、忍はあらためて竹刀《しない》を構えて男に向き直った。

それぞれが率いるチームの大将戦ということで主将の墨田との対戦になったのだが、忍は目の前に立った男の頭の上に、ふっと黒い影が見えたのだ。

犬かネコか、あるいは狐《きつね》か何かのような。

いい感じはしなかった。不安とか恐怖というよりも、得体の知れない嫌悪感だ。

そういえば、ここ二、三日、墨田は妙に調子が悪そうにしていたな…、と思い出した。

竹刀を振るってもいつものキレがなくて、今日も格下の相手にずいぶんと手こずっていた。いちいち自分の不調を口に出すような男ではなかったが、そんな自分にいらだってもいるようだった。

忍にしてみれば、見えたからといって何がどうなるものでもなく、いつもならたいてい見えないふりでやり過ごすのだが、思わずにらむように力をこめてそれを見てしまった。

と、その影が迷うように揺れ始め、やがて薄くなって逃げるみたいにすぅっ…、と墨田から離れていった。それが漂うように窓から外へ流れ出て行くのを、忍は知らず知らず目で追っていたのだ。

今まで、そんな「憑《つ》いているモノ」とうっかり目が合ったとしても、それがどこかへ動くようなことはなかった。

……俺が追い払ったのか……？

今までは、目が合ったにしてもむこうも知らないふり、というか、変化はなかったのに。

ちょっと驚いたし不思議にも思ったが、気を取り直して忍は一礼し、墨田と竹刀を合わせる。

すると、墨田はそれまでの不調が嘘のように動きが冴《さ》え、気迫のこもった胴であっという間に忍は一本を取られてしまった。

「調子がもどったようだな」

場所を後輩に譲り、道場の隅へ退いた忍は、面を取りながら墨田に声をかける。

「ああ…。何かさっき身体が軽かったな」

それに手応えをつかんだように、墨田がにやりとした。

「身体の具合でも悪かったのか？」

さりげない調子で聞いた忍に、男はわずかに顔をしかめる。

「身体っていうか…、そうだな。なんか頭が重い感じでな…。ここしばらくどうもすっきりしなかったんだが。……おまえとやり合ったら急に迷いが消えた気がしたよ。身体がよく動く」

うれしそうに言われて、そうか…、と忍はうなずいて返した。

関係があるのかどうかはわからないが、墨田にとってはあの妙なモノが離れてよかったのかもしれない。

自分がことさら何かをした、という感じではなかったが、しかし忍もここしばらくあちこちでその「妙なモノ」を見かけるようになっていた。ひどく目につく。

……そう。ナギを拾ってから、だ。

学校帰りには、もやもやと川のあたりでいくつも漂っているのを見たこともある。

もちろんそれが、他の人間に見えている様子はない。

この世のモノではない…、あってはいけない存在——。

妙な胸騒ぎがしていた。

ナギに関係がある…、とは思いたくなかったが。

この週末はめずらしく、旅館には五組ほども客があり、ふだんに輪をかけて忍もいそがしかった。

仲居の手が足りないので、三枡《みつます》旅館では食事は部屋ではなく広間に客が集まるのだが、その間に客室に布団を敷き終えなければならない。いつもはふたりがかりで手早くやる仕事を、今日はその人手もなく、忍がひとりであわただしくこなしていた。それでも慣れた作業で、手際よくシーツを掛けていく。

一番奥の五つ目、最後の部屋の布団を準備している時だった。

二間続きの、この旅館では一番広い部屋だ。母屋から突き出した造りで、ちょっとした離れ風になっている。

この部屋の客は若い男の二人連れらしく、今日から三連泊の予定になっていた。

そんな長逗留《ながとうりゅう》は、この宿ではめずらしい。

まわりにこれといった観光地もなく、今の時期にキャンプや川遊びでもないだろうし、紅葉狩りにもちょっと遅い。渓流釣りを趣味にするには若い気もするし、そもそも釣り道具を持っていなかった。

宿帳によると、代表者は東京の学生らしく、研修や合宿名目で学生が泊まることはあったが、ふたりきりではそれもないだろう。

『院生だってよ。なんでも集中して研究論文をまとめたいんだと』

さっき叔父《おじ》がそんなふうに話してくれて、なるほど…、と思ったものだ。

そういう意味では、邪魔するものが何もないこのあたりは静かでいい場所かもしれない。

しかし、何の研究だろう…？　と、忍はふっと気になった。

院生ということは、かなり専門的な研究をしているのだろう。医学系とか、生態系とか？

まさかナギに関わることじゃないよな…、と、どうしてもそっちの想像をしてしまいがちになる。

案外、忍たち住人が知らないだけで、研究者の間ではこのへんには妖怪が出る、とかいう調査研究スポットになっている……わけじゃないだろう、とは思うが。

彼らが泊まっている間は用心した方がいいかな…、と頭の中でいろいろと考えながらも、手はてきぱきと動かしていく。

だがほとんど無意識に動いていたのだろう。頭の中は別のことを考えていたせいか、男がひとり、部屋の中に入ってきて目の前に立つまで、まったく気がつかなかった。

すでに風呂には入ったらしく、浴衣《ゆかた》に丹前を羽織った姿だ。
二十四、五歳だろうか。すっきりと繊細で、理知的な顔立ちの男だった。確かに頭はよさそうだ。
もちろん、この部屋の客だろう。ずいぶん早いが、もう食事を終えたのだろうか。

「あ…、すみません。すぐに終わります」

あわてて頭を下げて、忍は言った。

そして手早く枕にカバーを掛けて布団にのせ、失礼しました、と頭を下げて部屋を出ようとした時だった。

後ろから涼やかな声がかかる。

「里見《さとみ》忍くん？　ちょっといいかな」

◇　　　◇

だんだんと冬至が近づいていた。

帰らなきゃ…、と思いつつ、ずるずると先延ばしにして、ナギは居続けていた。

忍の側にいるのが心地よくて。

人間なのに……、どんな場所よりも安心できた。忍に頭を撫でてもらうのが好きだった。身体がふにゃふにゃになりそうなくらい気持ちがいい。

時々、おみやげも買ってきてくれる。コンビニの甘いパンとか、ロールケーキとか。

小遣いだって、給料だってもらってないのに。

だから自分のものなんか、必要最小限しか買ってないのだろう。部屋を見れば、そのくらいはわかる。

ほんのちょっとした贅沢《ぜいたく》も、自分ではしてないくせに。

……このまま一緒にいたかった。

だけど、いつまでも、は無理なのだ。

自分の正体がバレたら終わりなのだから。

冬至が過ぎたら、嫌でも兄たちに引きずりもどされるのだろう。

だからその前に……、と思う。

一度くらいきっちりと、忍を誘惑したかった。

すごくすごく気持ちよくしてやって、……いなくなっても、少しだけでも、自分のことを思い出すように。

時々チャレンジしてみるのだが、なぜかいつの間にか自分の方がされてしまっているのが、すごく悔しい。

絶対に、この状況はおかしかった。

ナギだって一族の妖怪なのだから、忍を骨抜きにできるはずなのに。

やり方がまずいんだろうか……？

と悩みつつ、昼間、客室に忍びこんで、客がいない間にこっそりとエロい番組をテレビで見て研究してみたりしたが、……なんかよくわからなかった。

あんなチカチカするものを見て興奮できる人間がわからない。

やっぱり、人間をたぶらかすにも技術と経験がいるのだろう。

そっちの方面でもまだ自分には力が足りないのかな…、と、ちょっとしゅんとしていると、ふいに頭の上で、カァ！　と甲高い声がした。

忍の家からさらに裏山に入って、少し開けた場所だ。

旅館も、下の街も、渓谷も一望できる。ナギの里がある山も、視線の先にある。

本体の妖怪姿だったナギが空をふり仰ぐと、葉の落ちた枝に黒々とした大きなカラスがとまっていた。

――八咫烏《やたがらす》だ。

三本足でもなく、一見普通のカラスのように見えるが、こいつは爪の先がほのかに赤く、くちばしが白っぽい。そして頭の上に、白い羽毛が三本立っている。

ナギとは妖怪仲間——「妖使《あやかし》」仲間であり、顔見知りの八咫烏だった。

もっとも仲がいいわけでは、決してなかったが。

……なにしろ、口が悪いのだ。

『よう、生き返ったようだな。川で溺《おぼ》れて死にかけるなんざ、たいがい笑わせてもらったぜ。仲間内でもたっぷり一週間はこのネタで盛り上がったな』

カッカッカッ、と足で頭をかきながら、あざ笑うように言う。

『うっ…うるさいなっ！　カラスにとやかく言われることじゃないだろっ！』

痛いところを突かれただけに、ナギは真っ赤な顔で叫んだ。

カラスの間で笑いものにされた…、と思うと、さらに頭に血が上ってしまう。

一族の恥だ……。

それに、ふん、と八咫烏が鼻を鳴らした。

『鈍くさいおまえじゃ、まだ気づいてないいんじゃないかと思って、わざわざ警告にきてやったんじゃねぇか』

『警告…？』

そんな言葉に、ナギはうさん臭そうに眉《まゆ》をよせる。……本体のナギに眉はなかったが。

『このへんの空気、妙に悪い。ひどくざわついてる感じだ。冬至も近いからな。出るかもしれねぇぜ？　多分、おまえらの管轄だ』

『えっ…？』

指摘されて、さすがにナギも緊張した。

そのあたりの感覚は、まだ「役目」についたことのないナギにはわかりにくいのかもしれない。

ナギたちの管轄――つまり「水」だ。

八咫烏たちの管轄は「空」になる。

ナギたち一族は、冥界《めいかい》からこの世に彷徨《さまよ》い出てくる「妖屍《あやかし》」たちを狩る、あるいはもとの世界に追い払う役目を負っていた。

この人の世は、いろんな「妖祇」――あやかし――に溢《あふ》れている。

音で聞けばすべて〈あやかし〉であり、圧倒的に数が多いのが動物の妖祇なので、全部をひっくるめて「妖祇」とも呼ばれている。

人の目に見えるものも、見えないものも。

冥界からこの世に出ようとする「妖屍」。

ナギたち、それらを封じる役目についている「妖使」。

そしてもともと人の世に棲息《せいそく》する「妖祇」――つまり人に憑依《ひょうい》したり、やはり人に姿を変えることのできる、力のある動物だ。

要するに、「この世の人にあらざるもの」、そして普通の動物でもない怪異の存在は、ほとんどすべて、妖祇と言っていいのかもしれない。

そんなナギたち妖使がもっともいそがしくなる時季が、年に四回あった。

夏至と冬至、そして春分と秋分の日だ。

その近辺では、この世と冥界との道がつながりやすく、一気に妖屍たちがこの世に溢れ出す。妖使たちはそれぞれの広大な管轄内に散って、その「門」となる場所を封鎖したり、出てきた妖屍を追い返したりしているわけだった。

特にナギたちの一族は、「水門」を守っている。

池とか沼とか川とか、ことによってはダムとか下水道とか、そんな場所に冥界とつながる「門」ができてしまう可能性があるのだ。

八咫烏の言っているのは、この近辺に門ができるかもしれない、ということだった。

どんな狭い場所からも、一匹、二匹、すり抜けてしまうのは仕方がない。だがいったん「門」ができてしまうと、そこからものすごい数の妖屍が飛び出してしまう。

しかしその大がかりな「門」を開くためには、あちら側の妖屍の圧力だけでなく、こちら側にいる妖屍が人柱を立てて、門を開けてやる必要がある。

その分、難しいはずなのだ。

それをこんなナギたちの一族の里の近くでやろうとは……片腹痛いというか、なめられている、というか。案外、灯台もと暗し、というつもりなのか。

いや、ナギたちの一族は冬至に合わせてその任務のために里を離れているわけだから、考えてみれば、一番いいポイントと言えるのかもしれない。

妖屍というのは、輪廻《りんね》の輪から外れた人間の亡者、あるいは動物の死霊であり、たいていは「この世にもどりたい」という本能で動く。そんな高等なことを考える頭があるとは思えないが。

ただ、この世にもどってうっかり人間に憑依したりすると、知恵がついてくる。欲が膨れ上がる。それが厄介なのだった。

『おまえの兄貴たちを呼んできてやろうか？　おまえひとりじゃ手に負えねぇだろ』

いかにも侮《あなど》っているふうに言われ、ナギはムッとカラスをにらみ上げた。

『必要ないよっ。まだ門ができてるわけじゃないんだろう？　こちら側にいる妖屍を見つけて狩ればすむことだ』

『そう簡単に見つかるかねぇ…？　おまえ、一族の鬼っ子だろ？　押し切られてうかつに門が開いちまうと、こっちも迷惑なんだよなァ…』

妖怪なのに鬼っ子、という表現は、多分おかしい。

が、片足を上げて、カカカ…ッ、と笑われ、ナギはきつく唇を噛みしめた。

『水門なら俺の管轄だっ！　おまえはよけいなことをするなっ』

ぴしゃりと言い切ったナギだったが、八咫烏はせせら笑うように、かぁかぁと間の抜けた声で鳴きながら飛び去った。

くそっ…、と地面を蹴り、ナギはゆっくりと山を下りる。

だがさすがに、少し緊張してきた。

本当に自分ひとりで、門を封じることができるんだろうか……？

ナギももちろん、そのための修行は受けてきたが、実戦の経験がないだけに不安が押しよせる。だが、逆に守りきることができれば、自分の力を示せるということだ。

日頃、自分を子供扱いしている兄たちにも顔が立つし、あの八咫烏を見返すこともできる。

よし…、とナギは、とりあえず近くの水辺をパトロールしてまわった。

何か異変はないか。妖屍の気配がないか。匂いをかいで、痕跡を探して、注意深く探りながら。

忍が妙な巻き添えにならないといいけど…、と心配しながらも、しかし八咫烏の言ったことがそもそも本当かどうかもわからない。案外、ナギをからかっただけかもしれないし。

夜になって、真夜中も過ぎた頃になると、ナギは貸してもらっている浴衣にベンチコートを羽織って、露天風呂へ行った。――人の姿で、だ。この時間、忍が露天風呂に湯を張り直していて、ナギはこっそりと浸からせてもらっていたのだ。

露天風呂に着くと、薄明かりの中できょろきょろするが、忍の姿はなかった。まだ内風呂の掃除をしているようだ。

ナギは浴衣を脱いで、ちゃぽっと温泉に浸かる。まだ少し熱めの湯がじわじわと身体に沁みるようで、気持ちがいい。

やっぱり川で泳ぐより、温泉に浸かる方が好きだな…、と思ってしまう。

多分、一族では変わり種なのだろうけど。

五分ほど温泉に入っていると、掃除を終えたらしい忍がバスタオルを片手にやってきた。

掃除のしやすい半パンにTシャツ姿で、その上に印半纏を羽織っている。ナギが浸かっているすぐ手前の敷石に腰を下ろし、穏やかに尋ねた。

「湯かげんはどうだ？」

「うん。いいよ」

答えてから、あっ、と気がつく。

「寒いだろ？　コート、着ててよ」

忍は中で風呂を使ったはずで、風呂上がりにこんなところですわっていては風邪を引きそうだ。髪もしっとりと濡れている。

もともとは忍のベンチコートなのだから、遠慮する必要もないはずだ。

そうだな…、とうなずいて、忍は側にナギが脱ぎ散らかしていたコートを拾い上げて肩から羽織った。

……いや、本当は先に帰って、と言わなくちゃいけないのだろうけど。

でも忍にもそのつもりはないようだった。ナギを待って一緒に帰ってくれるのだろう。

忍も一緒に入ればいいのに…、と思わないでもないが。

「明日の朝飯、何か食いたいものがあるか？　もらってきてやるぞ」

コートを着て再び敷石の上にすわりこみながら、何気なく忍が尋ねてくる。

朝ご飯のメニューは毎日、同じようなものが多い。せいぜい焼き魚の種類が変わるくらいだ。

「ええと…、漬け物……かな」

ちょっと考えて、ナギは答えた。

あのコリコリ感がいい。

「漬け物が好きなのか？　犬と一緒だな。あいつもよく食ってる」

「漬け物が好きな犬がおかしいんだよ」

おもしろそうに言われて、さすがにドキッとしながらもさりげなくナギは返す。

「まぁ、そうだな」

喉《のど》の奥で忍が笑う。

その横顔を眺めながら、ナギはちょっとうかがうように尋ねた。

「忍の飼ってる犬って、ほとんど見ないよな…？　大丈夫なのか？」

「そういえばそうだな」

あっさりと言われて、なんだかちょっと淋しくなる。

ナギが――あの犬がどうなろうと、忍はぜんぜん気にしてないみたいで。

もちろん、今は人型のナギの面倒も見てくれているわけで、自分でも理不尽な気持ちだと思うが。

「昼間はいるんじゃないのか?」

「えっ? あ…、うん。時々、見かける……かな」

あわてて、ナギはそんなふうにとぼけた。

「近所に他のエサ場を見つけたのかもな。それか、おまえがいる時は警戒して近づかないんじゃないのか?」

さらりと言われ、そうかも、とナギはうなずいておいた。

そんなふうに思われているのなら、その方が都合がいいのは確かだ。なにしろ、同時に現れるわけにはいかないのだから。

もし…、自分の正体がバレたら、やっぱり嫌われるんだろうな……。

どうしてもそれを思うと、ため息がもれてしまう。

嫌われたくない。……と、思ってしまうことが、本当はおかしいのかもしれない。

人間になんて、どう思われてもかまわないはずなのに。

ナギはお湯の中からちらっと上目遣いに忍を見た。

まっすぐにナギを見ていた目とぶつかってしまう。

言葉は少なくて、めったに感情を出すこともなくて。ちょっと見、無愛想で恐そうで。淡々と毎日、自分のやるべき仕事をこなして。

でも、ナギを見る目はいつも優しい。

「どうした？」

と、ちょっと怪訝《けげん》そうに忍がナギに顔を近づけてくる。

「のぼせてるんじゃないのか？　顔が赤いぞ」

ひやりとした手の甲で頬に触れられ、思わずびくっと身体を震わせる。

「あ……」

ますます熱が上がったような気がした。

うろたえてしまったナギの様子に、忍がちらっと口元だけで笑う。

その表情がどこか男っぽく、ストイックな色気があって。

「……して欲しいのか？」

耳が嚙まれるくらい近くで、そっとささやくような声で、聞かれる。

忍の言っている意味がわかって、ナギは本当に頭のてっぺんから何かが噴き出しそうになった。

「お…俺がじゃなくてっ！　俺が忍にするんだよっ！」

「なるほど？」

思わず声を上げたが、なんだか余裕で返され、さらにムキになってしまう。

「だっ…だから……っ！」

ざばっ、とお湯から上がると、ナギは濡れた身体のまま、敷石の上で胡座《あぐら》をかいていた忍の膝に上半身を乗り上げる。

「だから俺が……っ」

間近から忍の顔を見上げて…、今さらにその近さに驚く。

「だ…だから……」

じっと男の顔から目が離せないまま、何も言えなくなる。

いつになく、男の眼差しが熱くて。

忍の手がそっと伸びてきて、優しくナギの頬を撫でた。そしてもう片方の手も頬に触れると、両手で優しく包みこんでくる。

軽く引き上げられた。男っぽい顔が近づいてきて、そっと、唇が鼻先に触れる。

ナギは思わず息を呑んだ。ふわりと吐息が肌を撫でる。

そして、そのまますべるように落ちてきた忍の唇が、しっとりとナギの唇に重ねられた。

濡れた舌先が優しくナギの唇をなぞり、薄い隙間《すきま》に割ってくる。

「ん…っ」

そのまま男の舌が口の中に入りこみ、ナギの舌を搦《から》めとった。

不思議な感覚だった。甘くて、苦しくて。熱くて。

何かが身体の奥から溢れ出してくるような。

頭の中は真っ白で、ただナギはされるまま、初めてのキスを受け入れる。

――と、その時だった。

「忍…！　まだそこにいるの？」

旅館の方から草を踏みしめる音が聞こえたかと思うと、甲高い女の声が響いてくる。

突然のことに、ナギは瞬間、心臓が口から飛び出しそうになった。

ハッと忍がナギの身体を離すと、手元にあった浴衣を急いでナギの肩から羽織らせ、さらにバスタオルを頭からかぶせる。

「じっとしてろ」

小声で言われ、ナギは息をつめるようにしてうずくまった。

忍がナギを隠すようにして立つと同時に、女将の姿が脱衣所の陰から現れる。

「何してるの、こんな時間まで？」

明らかに不審そうな声だった。

確かに、忍のいつもの掃除の時間はとうに過ぎている。

そして女将も、忍の後ろで小さく身体を丸めている存在に気づいたようだ。

「誰なの、それは？」

そしていかにも疑わしげに、きつい調子で尋ねてきた。

「いえ…、この人は……」

さすがに忍も口ごもった。

言い訳をしてみても、顔が見られたらおしまいなのだ。

「おまえ…、まさか勝手にうちの風呂を友達に使わせてやってるんじゃないでしょうね？」

険のある声で詰問しながら、女将がずかずかと近づいてくる。その草履の音がはっきりと耳に届いて、ナギは思わず身を縮める。

この間、ナギと言い合いになったことをしつこく覚えているのだろう。

だがまったくその通りであり、この場合、言い訳の余地もなかった。

――ど…どうしよう……っ。

ナギは浴衣の端をぎゅっと握りしめたまま、必死に頭をめぐらせたが、どうしたらいいのかまったくわからない。

いっそ、本体にもどって走って逃げた方がいいのか。

だがそんなことをしたら忍に正体がバレてしまうし、そうでなくても説明に困るだろう。

しかしこのままでも、忍が女将にまたひどく怒られるのは間違いない。今以上につらくあたられたり、仕事を増やされたりしたら…、と思うと、泣きそうになった。

全部…、自分のせいなのに。

「ちょっと、顔を見せなさい…!」

いらだたしげな声が迫ってくる。

ダメだ…、とぎゅっと目を閉じた瞬間——。

「ああ…、すみません、女将さん。俺の連れですよ。何かご迷惑をおかけしましたか?」

いきなり耳に届いたよく通る声に、ナギは思わず息を呑んだ。

バスタオルで顔を隠したまま、おそるおそる肩越しにふり返ってみると、女将のすぐ後ろから男がひとり、近づいていた。

女将も驚いたように足を止め、ふり返っている。

浴衣に丹前《たんぜん》姿で、どうやら客のようだ。

「温泉、時間外だったでしょうか?」

「お連れ様……ですか……?」

どこか気が抜けたように、とまどったように女将がくり返した。

男がそれに、水が流れるがごとく涼やかに言う。

「酒を飲んで露天に行くと言ったまま帰ってこないので、心配してたんです。のぼせたんでしょう。お手間をとらせてすみません」

「そ…そうですか、それでしたら…。——忍さん、お部屋まで手を貸して差し上げてね」

とってつけたように微笑んで、女将が聞いたこともないやわらかな口調で忍に言う。

打って変わった女将の態度にも、忍はいつものように、はい、とだけ答えて軽く頭を下げた。

「せっかくだから、俺もちょっと入っていこうかなあ…」

独《ひと》り言《ごと》のように言って、何気ない様子で露天に近づいてきた客の男に、さすがにこれ以上、男湯にいるわけにはいかないと察したのだろう。

女将が、ごゆっくり、と言いおいてそそくさと帰っていく。

その姿が完全に消え、遠くでパタン…、とドアが閉まる音が聞こえてきて、ようやくホーッ…、とナギは大きな息をついた。

一気に身体から力が抜けていく。

「葵《あおい》さん……」

と、横で忍がつぶやくように口にするのが聞こえた。

「すみません。助かりました」

そして、落ち着いて礼を言う声が。

どうやらその男は、葵、という名のようだ。

——葵さん……？

しかしその忍の呼びかけに、ナギはとまどう。

相手は客のようだが、こんなに親しく名前を呼ぶというのは……。いや、そもそもこんなふうに助け船を出してくれることが、ただの客との関係ではないだろう。

「いや…、あれでよかったのかな？　君が露天の方に向かってる姿が見えたものだから、ちょっと話せるといいな、と思って来てみたんだけど」

「お連れ様は？」

「寝てないと思うよ。そのへんにいるんじゃないかな。あいつはもともと、風呂はあんまり好きじゃないみたいだけどね」

葵が肩を揺らして軽く笑った。

ずいぶんと馴染《なじ》んだ様子で、ナギはますます混乱する。

知り合い……なのか。しかし客と従業員という立場には違いないようで…、だとすると、この葵という男が忍を気に入って追いかけてきた、ということだろうか？

そう思うと、さすがに複雑な気持ちになる。

「ほら…、ナギ」

思い出したように忍がナギを立たせ、肩にかけていただけの浴衣をきちんと着せてくれた。

肩を覆うようにバスタオルをかけ、おそるおそるふり返って、その男をあらためて見る。

月明かりの中に、きれいな顔が浮かび上がっていた。端整な容姿で、落ち着いた雰囲気の男だ。

ナギは思わず唇を噛んだ。

もし、この人が忍のことを好きだというのなら……、多分、ナギは敵《かな》わない。

……もともと人間ではないナギでは、勝負にもならないけど。

「あれ、その子……」

と、ナギに視線を移した葵が、じっとナギを見つめて首をかしげた。

その鋭い眼差しに何か見透かされるようで、ナギはあわてて目をそらす。

だがナギへの興味はすぐに失せたらしく、葵が忍に向き直って言った。

「昨日の話、考えてくれたかな？」

「すみません。あんまり急なことだし…、それにいろいろと考えたいこともあって」

それに忍がゆっくりと答えている。

――昨日の話……って何だろう……？

何か胸騒ぎがするようで、ナギはドキドキする。

もしかすると忍は、告白、とか、されたんだろうか……？

「ひょっとして、その子が問題？」

「あ…、いえ」

さらりと聞かれた言葉に、どこかあわてたように忍が否定した。

何かわからないまま、ズキッと胸が痛む。無意識にギュッと指を握ってしまう。

問題。……自分が問題なんだろうか？　忍にとって？

「すみません。もう少し、時間をもらっていいですか？」

「ああ…、別に急ぐ話じゃないよ。急がせるつもりもないし…、君が好きなだけ時間をとってもらっていいことだから」

忍の申し訳なさそうな言葉に、葵はあっさりと言ってうなずくと、じゃあまた明日、と微笑んだ。

「おやすみ。……ええと、ナギくんも」

つけ足すように言われた言葉に、ナギはちょっと顔を上げて、目が合ったのであわてて頭を下げる。なかば顔を伏せるみたいに。

母屋の方へ帰りかけた葵だったが、ふと、何か思い出したようにふり返った。

「……あ、ナギって、ひょっとして漢字だと、野菜の菜に、葱《ねぎ》の字でナギって書くのかな？」

「えっ？」

いきなりそんなことを聞かれて、ナギは驚いた。

「あ…、うん。そうだけど……」

そうなのだが、縁日などで人に化けている時、女の子に名前を聞かれてそう答えると、ほとんどが「凪《なぎ》」の字を思い浮かべるようだった。

「菜葱《なぎ》」は湿地に生える水草の名前だ。深い鮮やかな青色の小さな花をつける。

だが、正しく言い当てた人間は今までにいなかった。忍にしても、特に漢字を聞いてきたことはなかったし。

「ああ、やっぱり。菜葱って水葵《みずあおい》のことだよね。君とは縁があるのかもしれないな」

葵と水葵――。

あっ、とようやくナギも気づく。

しかしそんなふうに微笑まれ、ナギはどう返していいのかわからなかった。

だからどうした、とも言えるのだが――。

「そんな難しい字を書くのか…」

葵の背中を見送りながら、忍がへえ…、とつぶやく。そしてちょっと顔をしかめて続けた。

「びっくりしたな。どうしたんだろう…？　女将さん、このところよくあちこちを見まわりしてるんだよな…。前はほとんどなかったのに」

首をかしげたが、それでもあっと思い出したようにナギをうながす。

「遅くなったし、早く帰ろう。湯冷めする」

歩き出そうとして、何か気づいたように立ち止まった。そして着ていたベンチコートの片側を、ナギに大きく開いてみせる。

「来いよ。寒いだろ？」

えっ？　と一瞬あせったものの、ナギがおずおずと近づくと、忍はナギの肩を覆うようにすっぽりとコートに包んだ。

肩が抱かれるように、一つのコートの中にぴったりと身体がくっつく。

「さっきの人…、お客さんじゃないの……？」

歩き出しながら、忍の顔は見られないまま、そっとナギは尋ねた。

「お客さんだな」

あっさりと答えられ、しかし妙にはぐらかされたようで苦しくなる。

「でも、なんか…、大事な話があるんだよね……？」

「ちょっとな…」

めずらしく、忍が歯切れ悪く口ごもった。

それにナギは、わずかに息をつめるようにして言葉を押し出す。

「俺…、邪魔だった……？」

「そんなはずないだろう」

きっぱりと、忍は否定した。

ホッとする反面、でもはっきり邪魔だなどと忍が言うはずもないよな…、と冷静な頭で思う。

――なんで、キス……したんだろ……？

ぼんやりと思う。

騒動でまぎれてしまって、今さら聞くに聞けなくて。

もしかして、比べられてるのかな…、と思う。さっきの葵さんと。

身体は温かかったけど…、心の中はじわりと冷えていくようだった——。


翌日、ナギはこっそりと旅館の庭に忍びこんだ。本体の犬モドキの姿だ。

なんとか建物の中まで入りこんで、ゆうべの——葵の部屋を探すつもりだった。

なんだろう…、無性に気になった。忍との話もそうだが、あの葵という男自体が。

どうして、ナギの名前の字を言い当てられたのか。

たまたまかもしれないし、別に意味のあることではないのかもしれない。が…、何かあるような気もする。

この週末はめずらしく客が多いようで、しかしたいていは夕方頃に到着して、朝出て行くので、昼間に客がいることは少ない。連泊していても、昼は渓流釣りに出ていることが多いのだ。

なんとか見つからないように旅館の中へ入れる場所を探していて、ハッとナギはその気配にあわてて植えこみの陰に飛びこんだ。

ガタガタ…ッ、とガラス戸の開く音がする。

「……せっかく温泉旅館に来てるんだ。一度くらい露天風呂に入ってきたらどうだ?」

あきれたような葵の声が聞こえてくる。

どうやら、葵たちの泊まる客間の庭先まで来ていたらしい。旅館の一番奥にある、二間続きのいい部屋だ。

草陰から様子をうかがうと、空気の入れ換えか、客間の庭側のガラス戸を開いていた。そうして葵が、広縁に向かい合っておかれたイスの一つに腰を下ろす。

「クソ熱い風呂に入るくらいなら、そこの川に飛びこむ方がマシだ」

それにふん…、と鼻を鳴らすようにして無愛想に返す低い男の声――。

部屋の奥の方にその影が見える。

かなりの長身で体格のいい男のようだ。ゆうべ言っていた、葵の連れだろう。

「冬だぞ…」

やれやれというように、葵が嘆息した。

「おまえみたいに朝から晩まで風呂に入っているヤツの気がしれないな」

うんざりとした調子で男は言い返していたが、ナギとしては葵とまったくの同意見だ。川よりはずっと風呂の方がいい。

「他にすることもないからね。せっかくだから、たまにはのんびりしたいし。ゆっくりと本も読める」

葵が受け流すように肩をすくめる。

と、そんな葵の言葉に、男が皮肉な口調で言うのが聞こえた。

「のんびりしているヒマがあればいいがな…」

「どうした?」

うん? と顔を奥に向けて聞き返した葵の声に、いくぶん緊張がにじむ。

「このあたり…、妙に集まってる感じだ。うようよと雑多な気配がな」

「ああ…。まあ、時期だからね。仕方がないな」

葵がため息をついた。

「それで、あの忍という男はどうなんだ?」

のっそりと、そんな問いとともに奥にいた男の影が葵に近づいていくのが見える。

忍の名前が出たのに、ナギは思わず身を乗り出した。どこか敵意のある…、おもしろくなさそうな口調なのが引っかかる。

「いいね。しっかりしてるし、素直そうだ。……おまえと違ってね、千永《ゆきなが》」

いくぶん皮肉めいた葵の口調。

千永、というのが、どうやら連れの名前らしい。

鴨居《かもい》に手をかけて外を眺めている男の顔が、ようやくナギに見える。

シャープで、精悍《せいかん》な顔立ち。不機嫌な表情。そして、強い眼差し——。

見た瞬間、ザッ…! と、一瞬にして全身に鳥肌が立った。

なぜかもわからない。考える間もない。

ほとんど本能的な反応だった。
「……うん？」
と、その男の目がまっすぐに、植えこみの中にいたナギを捉《とら》えた。
簡単に見つかるはずはない。が、何かに引かれるように、男は確かにナギを見たのだ。
まともに目が合った。ドクッ…、と耳に反響するほど、大きく心臓が脈打つ。
人間じゃない。こいつ、人間じゃない……！
その男の持つ気配。匂い。オーラ。
おそろしく強い、大きな力を感じる。
姿形は人間と変わらないけど。おそらく…、ナギが人に化けているようなものだ。
――まさか……妖屍《あやかし》……!?
ナギは顔色を変えた。
憑依……しているのか。人間に。
では葵も――仲間なのか？　あるいは、妖屍に支配されているのか……？
ドクドクと心臓の鼓動が速くなる。
「……妙なモノがいる」
じっとナギに目をとめたまま、千永がつぶやいた。
口元に酷薄な笑みを浮かべて。今にもとって食われそうな凶悪な顔に見える。

ナギが男の正体に気づいたように、男もナギの正体に気づいたのだ。

だが、まったく恐れる様子はない。

力が違うのだ——、と。

ナギは息を殺したまま、身動きもできなかった。

——どうしよう……？ どうすればいい……？

初めてまともに「敵」と出会ったのだ。しかも、自分よりも遥かに力がある。

「何？ ……ああ、ナギくんじゃないかな」

葵がイスから立ち上がり、同様に庭先をのぞきこむ。

やはり葵も、ナギの正体を悟っていたのかもしれない。すでにゆうべから。

だが千永のように、すぐには気配を感じ取れないようだ。

人間の中には、稀《まれ》に妖屍たちをうまく操って、悪いことに使う者もいるという。

もしかして、そういう人間なのか……？

千永の視線に射すくめられるように、ナギの身体がガクガクと小さく震えてくる。

——と。

その時、何かに呼ばれたように、ハッと葵が後ろを、室内の方をふり返った。

「ああ…、忍くん」

そしてうれしそうに呼び掛けた声に、ナギは本当に息が止まりそうだった。一気に全身の血が引いていく。

——ダメだ……！

思わず心の中で叫ぶ。

——ダメだ、忍…っ！　そんなやつらに近づいちゃ……！

と、忍と話すためだろう。部屋の中に引っこんだ葵のあとを追うように、千永も姿を消した。

ナギのことなどどうでもいいように、あっさりと無視して。

呪縛《じゅばく》から解かれたように、ナギは大きく肩で息をする。

だが事態は最悪だった。

あの千永という男は、ナギがまともにぶつかって勝てる相手じゃない。兄たちの応援を頼むべきなのだろう。

だが忍は今、連中の部屋の中にいるのだ。

彼らの目的はわからなかったが…、だがここで妖屍が門を開こうとしているのなら、あるいはそのための人柱として考えているのかもしれない。

兄たちを待っているヒマなどなかった。

——忍……忍が……っ。

忍が川で自分を助けてくれたのだ。自分だって…、忍を助けないといけない。

ナギは必死に強《こわ》ばる足を動かすと、思い切って部屋に飛びこんだ。

奥の和室のテーブルに、葵と、やはり仕事中なのだろう、黒いジャージに印半纏を着た忍が差し向かいですわっている。千永は葵の後ろで壁にもたれ、無造作に立っていた。

「……君の権利でもあるんだ。遠慮することじゃないと思うよ」

内容はよくわからなかったが、そんな穏やかな葵の声が聞こえてくる。

そしてそれに、何か迷うようにうつむいたまま、はい…、とつぶやく忍の姿が見える。

「ただ…、俺は――」

そしてすっと顔を上げて、何か葵に言おうとした忍の目が、ナギの姿を捉えた。

さすがに驚いたように大きく目を見開く。

「おまえ……、どうしたんだ、こんなところで?」

うん? とつられるようにこちらをふり返った葵が、ふわっと微笑んだ。

「ああ…、可愛いお客さんだね」

「こんなところに来たらダメだろう…!」

いくぶんあわてて、忍が立ち上がりかける。

ナギはとっさに忍の方に駆けていって……今さらに気づいた。

そうだ。今のナギは人の姿ではない。忍に、状況を言葉で説明することはできないのだ。

もっとも言葉が使えたとしても、どう説明していいのかは問題だったが。

到底……、普通の人間に理解できることではない。

駆けよっていったん忍の懐に飛びこんだナギは、葵たちに向き直り、ぐぅぅぅ…っ！　と低くうなった。ギッ、と葵をにらみつける。

「どうしたんだ…、おまえ？」

ナギの様子がおかしいのに、忍がとまどったようにつぶやき、なだめようとナギの背中を撫でる。

かまわずちらっと後ろの千永に視線をやって牽制《けんせい》すると、男はナギのことなど歯牙《しが》にもかけない様子で、ふん…、と鼻で笑い飛ばした。

「水守《みずもり》か……」

そしてポツリとつぶやく。

やはり、ナギの正体を知っているようだ。

妖使《あやかし》の中でも水門を守るナギたちは、「水守」と呼ばれているのだ。

「こんなガキを外に出すとは、よほど人手不足らしいな」

せせら笑われて、ナギはカッ、と頭に血を上らせつつ、歯を食いしばった。

完全にナギなど相手にしていない。

だがナギだって――いざとなれば、やれるところまでやるつもりだった。

多分…、敏捷性《びんしょうせい》は自分の方がある。とにかく、こいつらをここから追い払えればいいのだ。

ナギだけでなくバックには兄たちもいる、と思わせれば、ここでは門は開けないはずだった。

「ほら…、ダメだ。行くぞ」

しかし何もわからない忍が、ナギを抱えて立ち上がろうとする。

ナギはとっさにその腕から抜け出して、忍と葵とを隔てるテーブルに飛び乗った。

――こいつらに近づいたらダメだ……っ！

喉《のど》でうなって、その思いを必死に伝える。

そして、相手にも。

――忍には手を出させない……！

葵に向き直って、ナギは一歩も引かない構えで立ちはだかる。

「すみません、いつもはこんなじゃないのに……。どうしたんだろう？」

忍がいつになくとまどったようにつぶやく。

「君のことが心配になったんじゃないかな。……大丈夫だよ。別に忍くんに何かしようというわけじゃないから」

白々しく、葵がおっとりとした調子で言って、なだめるようにナギに手を伸ばしてきた。

その指が頭に触れようとした瞬間、ナギは飛び跳ねるようにして葵の手に嚙みついてやった。

思いきり、強く。

「――つ…っ！」

葵が顔をしかめてとっさに手を引く。

「きさま……」
千永の目が凶暴にぎろりと光った。
「ナギ……！」
そして背後で忍が一瞬息を呑み、大きく叫んだ。
「ナギ…、おまえ、何をするんだ……！」
いつになく驚いたような、あせったような、声だった。
——ナギ、とはっきりと呼んだ忍の声。
最初、ナギはその意味がわからなかった。
だが気づいた瞬間、ハッとふり返って忍の顔を凝視してしまう。
大きく目を見開いて自分を見る忍の顔——。
——ナギ……と。
確かに忍はそう呼んだ。
今の…、この姿の自分を見て。
どうして……？
愕然《がくぜん》とする。
つまり忍は知っていた——、ということだ。
知っていて、ずっととぼけていたのだ。

どうして……？

別の意味で混乱する。

ナギが妖怪だと……忍は知っていた。知られてた……。

ガクガク…と、知らず身体が震えてくる。

じゃあなんで……驚かなかったのか。どうしてあんなに自然に受け入れてくれたのか。

どうしてあんなに……優しかったのか。

ずっと、からかわれてたんだろうか？　自分の前で一生懸命人間のふりをしているナギを見て、心の中ではずっと、嗤《わら》っていたんだろうか……？　白々しく調子を合わせて？

急に何もかもが信じられなくなる。

――たぶらかされてた……？

自分が、人間に？

そうだ。初めから妖怪だと知っていれば、忍がナギの誘いに乗るはずもない。逆にあっさりとされたのだって…、いいざまだ、と思っていたのだろう。

そして、キス――したのも。

ほんとに、ほんとに……バカだ……。

ナギはなぜか、笑いそうになっていた。

こんなに簡単に人間に丸めこまれるなんて。

俺に水守の力なんて、ぜんぜんない……。兄たちの言う通りだ。
——でも。
あんなに楽しかったのに。ふたりでくっついてるだけでうれしかったのに——。
忍はそうじゃなかったのか……。
「ナギ…？」
固まってしまったナギに、忍がとまどったようにそっと手を伸ばしてくる。
『触るな…っ！』
びくっ、と反射的にナギはそれをかわした。
テーブルから障子を蹴り、広縁のイスへと飛び移る。
『忍……忍はずっと知ってたんだよね……？』
じっと忍を見つめたまま、震える声がこぼれ落ちる。
そんな言葉が忍に届くはずもないが。
しかし忍はその瞬間、えっ？　と小さく声を上げた。
「ナギ…？」
何かうかがうように、じっとナギを凝視する。
『俺ひとりでバカみたいだ……っ！』
しかしかまわずナギは吐き捨てると、そのまま外へ飛び出した。

「ナギ……！　待てっ、ナギ……！」

背中から忍の声が追いかけてきたが、ナギは夢中で、ほとんど前も見ず走り続ける。

悔しさと悲しさで、体中がいっぱいだった。

何もかもがどうでもよくなっていた。妖屍《あやかし》とか、水門とか。忍があいつらの罠《わな》にかかって、人柱にされても……。

あっ、とようやく思い出す。

そうだ。ほっといたら、忍はそのまま身体を乗っ取られて、人柱として水に沈められるかもしれないのだ。

――ダメだ…、このままじゃ……！

ひとりで逃げちゃいけなかった。

たとえ忍が……、ナギのことをからかって遊んでただけにしても。

――助けてもらったのだ。せめて、その借りは返さないといけない。

ナギはあわてて足を止め、部屋にもどろうとした。

だが庭を突っ切り、建物の角を曲がったとたん、どんっ！　といきなり、ものすごい衝撃が全身を襲う。

『わ…っ！』

吹っ飛ばされるように、ナギは後ろへ転がっていた。受け身をとる余裕もない。

「な…っ、……この犬…！　いったいどこから来たのっ！」

そして頭の上から降ってきたキンキン声は、おそろしく聞き覚えがある。

ようやく身体を起こして顔を上げると、やはり女将の険相がナギをにらんでいた。

「忍が拾ってきた犬だね？　ほんっとに返事だけで人の言うことを何一つ聞きゃしない…！

かわいげのないガキだよっ」

今さら忍が何を言われたって知ったことではない。——とは思う。ナギのことで忍が怒られたって、……ナギには関係ない。

だが女の口から溢れ出す罵詈雑言《ばりぞうごん》には、どうしてもムッ…と腹が立った。

「もともとこっちにあんな子の面倒をみる義理なんかないんだよっ。それを家計が苦しい中、親切でおいてやってるっていうのに、なんだろうね、部活だなんだと仕事をサボることばっかり……」

今のナギにそんな勝手な愚痴《ぐち》など聞いているヒマはない。

さっさと逃げようとした時、鬱憤《うっぷん》を晴らすかのようにまくし立ててた女の声が、ふいに途切れた。

なんだ？　と思って、わずかに後ずさりながら、ナギはふっと女を見上げる。

『な…っ…！』

瞬間、絶句した。

女の顔が、変わっていた。

もともと鬼みたいな顔だったのが、本当に鬼――いや、幽鬼、みたいに。

みるみる黒茶色に肌が変色し、まぶたが溶け落ちたみたいに消え、頬が痩《こ》ける。

そして、にやあ…、と口が裂けるみたいに大きく開いて笑った。

『……いたな……、水守の妖使《あやかし》……』

さっきまでの甲高い声とはまるで違う、地の底から聞こえてくるような低い、おぞましい声だ。

ザッ…、と全身に鳥肌が立つ。

――妖屍……！

それを悟ったが、あまりの衝撃にナギは動くこともできなかった。

妖屍が人間の殻《から》から出てくる瞬間を、初めて見た。

いつから……取り憑いていたのだろう？

気がつかなかった。それだけ、この妖屍の力が大きいということでもある。

『いい鍵《かぎ》が手に入った……』

妖屍が低く言った瞬間、ハッと我に返る。

地面に手をついて後方に反転すると同時に、ナギは人に姿を変えた。

『――消えろ……！』

手のひらから放った「力」が、パン…！　と妖屍の顔面で弾け、白い煙が霧散する。

だが妖屍の皮一枚、傷つけた様子もなく、ナギはきつく拳を握った。

『子供だましだな…』

そして妖屍が低く笑った次の瞬間。

ズン…！　と一瞬の、重い衝撃が腹を貫く。

声も上げられず、そのままナギは意識を失っていた――。

◇

◇

「――ナギ……！」

忍《しのぶ》は思わず声を上げたが、ナギはものすごい勢いで庭へ飛び出し、あっという間に姿を消していた。

とっさにあとを追おうとしたが、あ…、と思い出す。

「すみません…、大丈夫でしたか？」

広縁まで出ていた忍は、ふり返って葵《あおい》に確認した。

「ああ…、うん。気にしないで。たいしたことはないよ」

あっさりと言いながらも、やはり鋭い歯で嚙《か》まれたのか、小指のあたりを口で拭《ぬぐ》う。

不機嫌な顔のまま葵に近づいた千永《ゆきなが》が、無言でその手をつかみとり、手首の方まで伝っていた血を舌を伸ばしてなめ上げた。

ねっとりと濃厚な空気で、なんだ…？　と、忍はたじろいだが、葵がもう片方の手でバシッ、と無造作に千永の額をはたいた。

葵よりひとまわりほども体格のいい男だが、恐れる様子はみじんもない。

「やめないか」

押し返され、ちょっと拗《す》ねたようにむすっとした千永にかまわず、葵が忍に向き直る。

「あの子、俺に君がとられると思ったのかもしれないね」

小さく微笑《ほほえ》んで言われ、忍はちょっと複雑な気持ちだった。

——あの時、ナギの声が聞こえたと思ったのは……？

空耳、なのか。何か言いたげな目だったから。

『忍はずっと知ってたんだよね……。俺ひとりでバカみたいだ……っ！』

そんな、傷ついたような声が聞こえた気がしたのだ。

そう…、忍が思わず、ナギ、と名前を呼んでしまったから。

何か誤解させたのなら、あとでしっかり話さないと、と思う。

それより、この際にしっかりと聞いておいた方がいいのだろう。ナギのことも。

「水守《みずもり》…って、何ですか？」

さっき千永の言った言葉だ。

「ナギくんからは聞いてなかったの？」

葵が首をかしげる。

「ナギとは…、そういう話をしてないんです。あいつは人間のふりをしてたし、俺もそのつもりで接してたから」

「ああ…、そうか。だから君が知ってたことにびっくりして逃げたのか。……そういえば、何か叫んでたしね…。妖使《あやかし》だと知られたくなかったのかな」

納得したように小さくうなずいた葵に、忍は思わず声を上げた。

「葵さんにも聞こえたんですか？　ナギの声……」

「うん。妖祇《あやかし》の声を聞くのは、周波数を合わせる訓練みたいなものだからね。君も慣れれば話せるくらいになると思うよ。もともと力はあるんだし」

――力……。

なんでもないように言われ、忍はとまどったまま、じっと葵を見て尋ねた。

「あの…、あなたが本当に俺の兄だとしたら、あなたにも見えるんですか？　その…、いろいろ、妙な……」

説明しづらくて口ごもった忍に、あとを引き取るように葵が静かに言った。

「見えるよ、妖祇がね」

——あやかし……。

あれが妖祇。

忍が今まで見てきた妙なモノに、初めてちゃんとした名前が与えられたわけだ。

そうすると、やっぱり存在するのか…、とあらためて思う。

ナギも……まあ、妖怪の類《たぐい》なのだろうが、また少し違う気がしていたのだ。

人間にせよ、犬にせよ、きちんと実在しているわけだし。

「君も俺も、幸か不幸か知良《ちいら》の家の直系だからね」

そして、淡々と葵が続ける。

知良葵。

それがこの男の名前だった。忍の兄だと名乗った男の。

名前も知らなかった忍の父の、母親の違う兄だと。

忍に会うために、葵はわざわざこの旅館に来たのだ。

「ただ知良は本来、妖獣使いの家系なんだよね…。ナギくんは妖使——守役だから獣とは違うんだけど。なんで君に懐いちゃったかな」

うーん…、と軽く前髪をかき上げるように、葵が嘆息した。

忍も少しずついろんなことを説明してもらっていたが、まだわからないことの方が多い。

「ナギは…、その、獣ではなく水守だということですか?」

水守、というもの自体がよくわからなかったが、とりあえず忍は尋ねてみる。

「ええと、まあ、そうなんだけど、……どう言えばいいかな……」

葵がちょっと考えこんだ時だった。

バサバサバサッ…、といきなり大きな羽ばたきが聞こえたかと思うと、庭から黒い塊が矢のような勢いで部屋の中に飛びこんできた。

忍の頰《ほお》をかすめるくらいの距離で、反射的に忍は腕で顔を覆って身を引く。

なんだ…?　と思ってあわててその姿を目で追うと、葵たちはなんでもないような顔で、座椅子《いす》の背もたれにとまった大きなカラスと向き合っていた。

「いきなり何の用だ、八咫烏《やたがらす》。ノックしろとは言わんが、礼儀を知らないようだな」

千永が腕を組み、相変わらず不機嫌に鼻を鳴らして皮肉に言う。

『ほう?　飼い犬になって急にお行儀よくなったようだな、黒瀬《くろせ》のはぐれ狼《おおかみ》が』

バサッ、と羽を鳴らして、そのカラス——八咫烏が負けずに返している。

「なんだと…?」

発した怒気と一緒にものすごい勢いで千永の腕が伸びたが、その手が鳥の首を絞める前に一瞬早く、八咫烏が高く飛び上がる。

あざ笑うように、カァ…！　と一声鳴いた。

そのふたりの――ひとりと一羽のやりとりが、はっきりと忍にも聞こえる。カラスの声が。言葉が。

――なんだ……？

今目の前で起こっていることがまともには信じられず、忍は無意識に自分の耳に手を当てた。

「千永」

葵が軽く連れをいさめてから、八咫烏に向き合った。

「どうかしたのか？」

『そうだ。さっき、あのチビが妖屍《あやかし》に捕まったぞ』

空中で羽ばたいてホバリングしながら、八咫烏がちらっと忍と葵とを見比べるようにして言った。

「ナギくんが？」

声を上げた葵も、一瞬、忍の方に視線を向ける。その声には明らかな緊張がにじんでいた。

「ヘボが…。ろくに狩りもできない水守を里から出すとはな」

チッ…、といらだたしげに千永が吐き出す。そして顔を上げて八咫烏に尋ねた。

「あのガキ、まさか『鍵《かぎ》』なんじゃないだろうな？」

『ところがそのまさかのようだな。しかもあいつ、普通の鍵持ちとは違う。扱いが厄介なんだよ』

「なんだと？　……まずいぞ。門が開くどころじゃない」

千永がわずかにあせりをにじませて葵に向き直ったのに、葵も小さく爪を噛んだ。

「確かにまずいな…」

「ナギが……、何に捕まったって……？」

正直、忍には目の前で話されていることは、何がなんだかまったくわからない。ただ何か大きな不安が胸を塗りつぶしていく。

「連中は水門をどこに開くつもりなんだ？」

葵が顔を上げて厳しく八咫烏に問いただした。

『露天風呂だ。東側の方』

それが聞こえるが早いか、千永が走り出した。裸足のまま、庭を突っ切っていく。

「行こう」

呆気《あっけ》にとられてそれを見ていた忍に、葵が声をかけてくる。

玄関から靴をとってきた葵に続いて、忍もそこの下駄《げた》を借り、広縁から庭へ下りて露天風呂の方へ走った。

――ナギ……！

何がどうなっているのかわからないだけに、さらにあせってくる。

「『鍵』って……何ですか？」

走りながらようやく忍は尋ねた。ちらっと忍を横目に見てから、葵が口を開く。

「水門を守る役目を負ったナギたちの一族の中で、何人かいるんだよ。『鍵』と呼ばれる特性を持った者が。冥界《めいかい》との門は、条件さえ合えばあちこちで作れる。そこから出られるのは、せいぜい数匹だ。だがそこに『鍵』を合わせれば、門は大きく開く。それこそ何百匹、何千匹の妖屍が飛び出してこられるくらいにね。……ただ『鍵』になる危険性を併わせ持つ分、封じる力も強いはずなんだ。簡単に捕まってちゃいけないんだけど」

わずかに顔をしかめて言った葵の言葉は、細かいところはともかく、大まかには忍にもつかめた。

つまり、ナギがその『鍵』であったために、妖屍というのに捕まったのだ――、と。

「『鍵』じゃなくても、こちら側から人柱を立てれば結構大きな門が開くんだよ。それでも『鍵』を合わせた場合とは、比べものにならない」

「人柱……？」

その剣呑《けんのん》な響きに、思わず忍はくり返した。

「そう。昔なら神隠し、今なら突然失踪《しっそう》した人間の何割かは、その被害にあったんだと思うけどね」

「死ぬんですか…？」

知らずかすれた声で尋ねた忍に、あっさりと葵はうなずいた。

「ふつうは」

「ナギも…っ!?」

「このままならね」

一気に全身から血が引いた。

忍はもう言葉もなく、ただ必死に走った。

と、露天風呂へ近づくにつれ、いきなりあたりが暗くなってきた。まだ昼を過ぎたばかりだというのに、だ。

ハッと空を見上げると、暗雲が立ちこめる、というのは、まさしくこういうことを言うのだろう。もくもくと、どこからか湧《わ》き出した黒い雲が空を埋め尽くしている。

すると、いきなりドーン！　という地響きのような低い音が響き、脱衣所の屋根越しに水が吹き上がるのが見えた。

脱衣所をまわったとたん、太い水柱が温泉の中から現れる。竜巻のように激しく水がうねっていた。

そしてその中に、白っぽい影が見える。まるで水柱に閉じこめられているように。

全裸で、人の姿をした――。

「ナギ……！」

忍は思わず叫んでいた。

「結界を張れ……！」

忍たちが来たことに気づいて、先に着いていた千永が振り向かないままに声を張る。

が、言われる前にすでに葵は一歩下がり、胸の前で両手を合わせて、何かを口の中で唱えていた。

忍には何が変わったのかわからない。

ただ葵の額に汗がにじんでいるのを見ると、何か大きな力を使っているのはわかる。

と、水柱の表面から飛び散っている飛沫《しぶき》の一つが、ふっ、と宙にとまった。

と思うと、それはふわっと何かが抜け出すように茶色っぽい煙の塊になり、突如、ものすごい勢いで忍の方に向かってきた。

「な……！」

とっさに忍は片腕で顔をかばう。

ぶつかる、と思った瞬間、目の前でそれがパン！　と弾けた。

寸前、ぐぉっ！　と押し潰《つぶ》されたような声と、苦悶《くもん》に満ちた何か般若《はんにゃ》のような顔が、目の前にパッと浮かんでかき消える。

思わず目を見開いた忍を、千永がまっすぐに指さしているのがわかった。

――いや、忍をではなく、忍を襲っていたモノを、だったのだろうか。

だが次々と水柱から放たれる飛沫は形を変え、四方八方へと飛び散っていく。

大きく腕を振って千永がいくつかをまとめて消し去り、いくつかは飛んだ先で何かにぶつかったようにいきなり消滅する。

結界――だろうか？

しかし湧き出してくる数はますます増え続け、いくら消していってもきりがない。

「くそ…っ！」

千永がいらだたしげに吐き出す。

「中から閉じないとっ！」

後ろから葵の声が飛んだ。

「わかってる！　寝てんのか、あのガキ……っ！」

そんな応酬に忍がじっと目をこらすと、確かに水柱の中のナギは目を閉じて倒れこんだまま、意識もないようだ。

「なんとか柱を揺さぶって起こすか……？」

千永が目をすがめてつぶやいた時だった。

「やめろ……！」

天からいきなり高い声が降ってきたかと思うと、忍たちの目の前に三人、若い男たちが降り立った。

若いとは言っても忍よりは年上で、みんな二十代のなかばくらいだろうか。葵たちに近い。よく似た面差しで、それぞれ彫りの深い、おそろしく整った顔立ちだった。そろってスレンダーな体つきにきっちりとしたスーツ姿なのが、こんな状況だとかえって奇異に見えるくらいだ。

誰だ…？　と思ったが、彼らが結界を抜けてきたことの方が問題なのかもしれない。

だが千永にはその正体もわかっているようだった。

「おまえらの不始末だろうがっ！　なんとかしろっ！」

男たちを横目に見て、溢《あふ》れるように出てくる妖屍《あやかし》をたたき消しながら怒鳴った。

「だから来たのだ！　部外者は手を出すな…っ」

長めの髪を後ろで束ねていた男のひとりが、千永の言葉に苦々しい顔で言い返す。

「そんなことを言ってる場合かっ！　さっさとあのガキを起こせ！」

「ダメだ…！　うかつにナギの力を暴走させると、門どころかトンネルを造るようなものだぞっ！」

「なんだとっ!?」

思わず、というように、千永がふり返って男をにらむ。

「あの子の力は強すぎる。だが自分でコントロールできないのだ。しかも、それを自分ではわかっていない」

「どういう……」

千永が言葉に詰まった。

「だからひとりでは里から出るなと…っ」

別の男が歯を食いしばってうめく。

「そうなるくらいなら、このまま門を開く方がまだ収拾がつく」

最初の男が何かを押し殺すようにして、低く言葉を絞り出した。

その言葉の意味に、ハッと忍は男をにらみ上げた。

「それはナギを死なせるってことですか!?」

横から口を出した忍に、男が殺気だった目を向ける。

「力を押さえるには手順があるのだっ。注意深くやらないと……」

「そんな時間はないぞっ。このまま門が開ききったら、あのガキはそのままあっちの世界だ！」

男の言いかけた言葉をぶった切るように、千永が叫んだ。

「急げ…っ！」

男が他の仲間たちに声をかけ、三人が等間隔に水柱を取り囲んだ。

どうやら、男たちはナギの仲間——一族、ということだろうか？

忍は息をつめてそれを見つめる中、三人が息を合わせるようにしてゆっくりと手を伸ばし、手のひらを水柱の表面につける。

相変わらず飛沫からは得体の知れないモノが飛び出し、千永がうるさそうに払っている。

ビクッ、と中のナギがわずかに動いたように見えた。

忍は思わず身を乗り出してしまう。

が、その瞬間、三人のうちのひとりが悲鳴のような声を上げ、後ろへ弾き飛ばされた。と同時に、バランスを崩したように他のふたりもよろける。

「三人がかりでか…っ」

チッ…、と千永が舌を弾いた。

「ダメだ、弾かれる…！　ナギの力が…、あの渦に力を吸い出されて、外からの圧力を跳ね返しているんだっ」

ようやく起き上がったひとりが、顔を引きつらせて叫ぶ。

「ナギの意識がないままでは、俺たちを認識できないんだろうな…」

別のひとりが眉間に皺《しわ》をよせ、唇を嚙みしめるように言った。

「難しそうだな…。ナギの力を抑えつつ、目覚めさせるというのは」

後ろで冷静に葵がつぶやく。

「さっさとしないと、大穴が空いた上に死ぬぞ、あのガキ！」

千永が声を荒らげた。

忍は気が気ではなかったが、しかし自分に何ができるわけではなく、ただ見ているしかないのがもどかしい。

三人がようやく立ち上がって、再び水柱に近づいていく。さっきと同じようにそろって手をかざし、しかし今度はふたり同時に弾き飛ばされて、とうとう忍は自分を抑えきれなくなった。

実際、何が目の前で起こっているのかもよくわからない。理解もできないし、現実として受け止めきれてもいない。

だが、ナギをこのまま放っておくことはできなかった。

「ナギ……！　おい…っ！　目を開けろ！」

忍は男たちを押しのけるようにして、強引に温泉に入っていく。

「おいっ、おまえ何を……っ!?」

あせったような、ものすごい形相で男が忍をにらみ、追い払おうとしたが、忍はかまわず水柱に突き進んだ。

「死ぬ気か…っ!?」

そんな叫び声が背中に浴びせられる。

「ナギ…！　俺がわかるかっ？　そこに行ってもいいか…!?　ナギ……！」

だが忍はそれを無視して、すさまじい水音に負けないほどの声を張り上げ、必死に呼び掛ける。

と、ぴくっ、と中でナギが動いた。

そしてその息づかいが渦を巻く水にふわりと混じり、滴《しずく》が忍に降りかかってきたような気がした。

スッ…、と、何かが身体の中を流れていく感覚。

そうだ。初めて川でナギに触れた時の感覚と似ていた。身体の中に、何かが入りこんでくるような。

そっと息を吸いこみ、忍は一歩、大きく前へ足を踏み出す。

「ナギ…、そこへ行くからな」

「おい…、やめろ…!」

後ろから肩をつかんできた腕を振り払い、忍はまっすぐに水柱へ両手を伸ばす。

飛ばされるかと一瞬、覚悟したが、忍の身体は伸ばした指の先からするりと、水柱を突き抜けていた。

水なのだ。それがあたりまえといえばあたりまえだが……後ろで愕然《がくぜん》としたように男が声を上げた。

「どうして……!?」

忍にもどういうことなのかわからない。そして、それを考える余裕もなかった。

全身にたたきつけられる水が、おそろしく冷たかったのだ。温泉の…、湯のはずなのに、身体が凍りつきそうになる。

それでもナギを探そうと、忍はもがいた。

あたりを見まわし、水の底に白い影が見える。

せいぜい膝ぐらいまでしかないはずの温泉が、ひどく深い。忍は泳ぐように腕を動かし、なんとかナギに近づこうとする。

『邪魔をするな……！』

と、いきなり割れるような声が響いた。

頭の上から下から、前から後ろから横から……あらゆる方向から。

声に押し潰されそうな圧迫感を覚える。

同時に、目の前に巨大な顔が迫ってきた。双眸が溶け落ち、口が頬まで裂けたおそろしい形相だ。

吐き気と刺すような痛みが、くり返し全身を襲う。息が苦しく、気が遠くなりそうだった。

波のようにうねる水に押しもどされ、それでも忍は、歯を食いしばって必死にナギに手を伸ばす。

「ナギ…っ、大丈夫かっ!?　ナギ…！」

声になっていたかどうかもわからない。

それでもナギが、その呼び掛けにふっと目を開いた。

「しの……ぶ……？」

目を瞬かせ、状況がわからないように、ぼんやりとナギがつぶやいた。

「俺……、え……？」

「ナギ……！」

呆然《ぼうぜん》とあたりを見まわすナギの身体を、忍は背中から抱きしめるようにしてようやくつかまえる。

『きさま……！』

「ぐぁ…っ！」

頭の中が直接鷲《わし》づかみされるようなすさまじい痛みに、忍は思わず身体をのけぞらせた。

耳鳴りと痛みに脳が焼き切れそうになる。

「忍……！」

ナギの悲鳴が耳に刺さる。

「忍！　そのままガキを押さえてろっ！」

どこか遠くから、千永のくぐもった声が聞こえた。

「失せろ……！」

そして腹に響くような声が耳に届いた瞬間、水柱が爆発したように飛び散った。

飛沫の一つ一つが刃物みたいな風になって、全身を煽《あお》るように吹き抜けていく。

一瞬、息が詰まる。

ただ全身の力で、忍はナギの身体を抱きしめていた。

「門を閉じろ！」

何か壁が取り払われたように今度ははっきりと、千永の怒号が響く。

それに腕の中で、ナギがハッとしたように顔を上げた。指を組み、何か言葉を唱える。

そして両手を地面――なのか、すわりこんでいた膝の下へ押しあてると、大きく叫んだ。

「還れ！　あるべきところへ……！」

その声と同時に、みるみるひび割れていた地面が折り重なるようにして埋まっていった。その隙間《すきま》から、漂っていた煙のようなものがすうっと吸いこまれていき、それが鎮《しず》まると逆に新しく水がしみ出してくる。

温かい。お湯だった。それがいっぱいに露天風呂を満たし、思わず忍はほっ…と肩から力が抜ける。

いつの間にか、空の暗雲も晴れていた。

湯に浸かったまま、腕の中のナギがぼんやりと肩越しに忍をふり返った。

「しの…ぶ……？」

何か幻でも確かめるみたいにそっと手を伸ばし、忍の頬に指で触れてくる。

そしていきなり、ばったりと気を失った。

「ナギ…！」

「ちょっと疲れただけだよ」

あせった忍だったが、いつの間にか近づいていた葵が、露天風呂をのぞきこむようにして微笑んだ。

「あ……」

忍の腕の中で、ナギが急速にしぼんでいく。

人の身体だったのが、小さな犬モドキに。

わかってはいたが、本当にナギなんだな…、と納得せざるを得ない。

忍はナギを両腕に抱えたまま、ざぶざぶと風呂から出た。ぐったりと腕の中で伸びているナギの背中を、そっと撫《な》でてやる。

「女将《おかみ》さん……？」

と、風呂の脇の敷石に倒れている女の姿に、忍は思わず目を見開いた。

外傷はなく、血色も悪くはないので、死んでいるわけではないのだろう。どうしてこんなところに…、と思うが、巻き添えを食らったのならまた騒ぎそうだ。

「憑《つ》かれてたみたいだね。大丈夫。多分、記憶はないから」

葵がさらりと言った。

ほっといていいのか…？　とも思うが、しかしうかつに気づかせても、忍が説明できることではない。納得もしないだろう。

と、不審そうな顔で忍をにらんでいた男たちのひとり――髪を後ろで束ねた、もっとも年長らしい男が忍に近づいてきて、いかにも不服そうな顔で言った。

「世話をかけたようだな。ナギは里へ連れて帰る」

「待ってください」

当然のように腕を差し出され、しかし忍はさらに両腕でナギを囲うようにしてかばう。

「ナギを見殺しにしようとしたあなたたちには渡せない」

それにムッとしたように、別の男が声を荒らげた。

「私たちはナギの兄だ。見殺しにするつもりなど、毛頭なかった」

ナギの仲間なんだろうな、とは思っていたが、どうやら兄弟だったらしい。

「それでもです」

が、忍は相手をにらんできっぱりと言った。

「人間風情《ふぜい》が……！」

さらにもうひとりの男が、怒りをあらわに吐き捨てる。

「……おまえは何者だ？」

と、初めの男がじっとまっすぐな眼差しで、忍を射貫くようにして尋ねた。

聞かれて、忍は男から目をそらさないまま、しかし何と答えていいのかわからなかった。

名前を言うのは簡単だが、多分、男が聞きたいのはそういうことではないのだろう。

「俺はナギの……」

言いかけて口ごもる。

恋人——と言っていいのか。ナギの気持ちもわからないのに。

そしてナギに対する権利を、親族に先んじて主張するには、やはり弱い。

「忍は私の弟です。知良の直系ですよ」

と、話を聞いていた葵が、横から静かに口を挟んだ。

男がちらっとそちらに目をやる。

「知良の惣領《そうりょう》か……」

ふん…、とおもしろくなさそうに鼻を鳴らした。

「だが、たとえ知良の血族だったにせよ、我ら妖使《あやかし》が人間に飼われるということはない。犬とは違うよ」

ちろっと千永を横目に、傲然《ごうぜん》と言い放つ。どうやら、千永に対する皮肉らしい。

「ふざけるなよ…」

それに千永が険しい目で低くうなった。

「ナギを飼うつもりはありません。ただ」

忍はまっすぐに男を見て言い、そっとナギの頭を撫でる。

「離したくないだけです」

――守ってやりたい、と思う。

いや、自分がナギを守っていたいのだ。

そうすることで、自分が強く生きていける。ナギが側にいることで。

ぐっ…、と男が言葉に詰まった。

「ふざけたことを……」

ようやくそんな言葉を押し出す。奇《く》しくもさっきの千永と同じ言葉で、千永が逆に鼻でせせら笑う。

「ナギの力は自分の身を滅ぼしかねない。妖屍《あやかし》どもにも狙われやすい。だから今まで、私たちはナギを里から出さないようにして守ってきたのだ。それをおまえができるというのか？　ただの人間でしかないおまえに」

厳しい声で、挑むみたいに男が問いただしてくる。

それは、確かに今の忍にそれだけの力があるのかと言われると、自分でもわからない。すべてを理解しているわけでもない。

――それでも。

「やらせてください」

「きさま……」

まっすぐな眼差しで、きっぱりと言った忍に、男が低くうめいた。

「甘やかしすぎなんだよ、おまえらは。自分の身くらい自分で守らせろ」

千永が横で鼻を鳴らす。

「黙れ、飼い犬がっ」

「本人の意思を聞いてみたらどうですか?」

と、そんな三様のにらみ合いの中で、葵がおっとりと提案した。

「もっとも、ナギが忍を受け入れたんですよ。意識のない中で…、本能的に、忍の手を求めたんです。兄弟であるあなた方よりもね」

◇　◇

ナギが目覚めた時、布団に寝かされていた。

いつもの…、忍のところのせんべい布団ではなく、もっとふっくらと厚みがある。

優しく頭を撫でられる感触が気持ちよく、うっとりと、再びとろとろしそうになったが、ハッ…と思い出した。

『妖屍……っ！』

反射的に叫んで、ガバッ、と布団から跳ね起きると、びっくりしたような忍の目とぶつかる。

——忍……だ。

そのことに驚いて、安心して、うれしくて。

よかった。無事だった。……とはいえ、いったい何がどうなったのか……？

しばらく見つめ合ってから、忍が小さくため息をつくように言った。

「人間の姿にならないか？　ちょっと話しにくい」

言われて、ナギもそうだよな…、と思いながら、人に姿を変える。

裸だったので、忍が浴衣《ゆかた》を持ってきてくれた。相変わらずもたもたしてしまい、やっぱり忍が帯まで締めてくれる。

向き合ってすわり直し、何からどう言えばいいんだろう…？　とナギはとまどった。

そうだ。忍にはまた助けてもらったんだった……。

そしてようやく思い出す。

まるで夢の中のことのようだったけど…、確かにナギは妖屍に捕まって水柱に閉じこめられていた。だが忍が来てくれて、……そう、初めてナギは自分の力で「門」を封じることができたのだ。

だけどどうして、忍にそんな力があったんだろう……？

考えあぐねているうちに、先に忍が口を開いた。

「悪かった」

いきなりあやまられて、へっ？　と思う。

「おまえを傷つけるつもりじゃなかったんだ。知っていて言わなかったのは、ただなんとなくで……、そんなに深い意味があったわけじゃない」

ナギの正体を知っていたのに、何も言わなかったこと——だろう。

困ったように目を伏せた忍に、ナギはきっちりと正座していた忍の膝にとりすがるようにして、あわてて言った。

「い…いいんだっ。違うんだっ。忍のせいじゃなくて……っ」

自分だって、ずっとだましてたくせに。

——だまそうとしていたくせに。

忍のことを怒る資格なんか、ぜんぜんなかった……。

必死に忍を見上げたナギに、忍が安心したようにそっと息をつき、頭を撫でてくれた。

「無意識に…、恐かったのかもしれないな。おまえが…、その、人間じゃないのを知っていると俺が言ってしまえば、おまえがいなくなってしまうんじゃないかと。ほら、昔話なんかだと、人間に化けていて正体を知られた動物はみんな帰ってしまうだろう？」

「あ……」

静かな、でもかすかに笑うような忍の声に、ナギは息を呑む。

それはつまり、ナギにいなくなってほしくなかった、ということだ。いてほしい、と思っていたということだ。

──忍も。

なんだか恥ずかしくなって、思わず視線をそらせたナギは、今自分のいるところにようやく気づく。

こざっぱりときれいな部屋は、どう見ても忍の家ではない。

「ここ、葵さんの部屋……?」

「そうだ」

短くうなずいた忍に、ナギはすとん…、と何かが急に、心の中で沈んでいくような気がした。

──忍は…、やっぱり葵さんのことが好きなのかな……?

そんなことを考えてしまう。

でもどう考えても、妖怪より人間の方がいいよな…、と。

「あの人…、葵さんは俺の兄なんだそうだ」

が、淡々と続けられた言葉に、思わず声がひっくり返った。

「あ…兄……っ?」

「ああ。知良葵。知良という神社の家だそうだが、……おまえ、知ってるか?」

もちろん、知っている。

知良は「御祓方《おはらいかた》」と呼ばれる、人界にある四つの家系のうちの一つだ。

ナギたちは妖屍《あやかし》が出てくる冥界との門を守るのが主な仕事だが、御祓方はすでにこの世にいる妖屍や、人に害をなす妖祇《あやかし》を狩り、平定を保つのが役目になる。

この世にもともと生息する妖祇——獣の妖祇を使って。

あ…！　とようやく思いついた。

では、あの千永という男は、妖祇——なのだ。妖屍ではなく。

おそらくは「式祁《シキ》」と呼ばれる知良の式神——。

「え…、じゃあ、忍は知良の血筋なの……？」

ようやくそれに気づいて、ナギは呆然と尋ねた。

それがわかると、いろいろと不思議だったことがなんかちょっと腑《ふ》に落ちた気がした。

「そういうことらしいな」

まだ実感もないように忍が曖昧《あいまい》にうなずく。そしてさらりと言った。

「おまえの兄さんも来てるぞ」

「えっ？」

思わずうわずった声が飛び出してしまう。

だが考えてみれば、あたりまえのことだ。結構な騒ぎになってしまったし。

「おまえを連れて帰りたいそうだ」

「あ……」

静かに告げられ、ナギはしょんぼりと肩を落とした。

家に帰るのは、やっぱりあたりまえのことなんだろう。でも。

「か…帰らないと……、ダメ……？」

知らず潤《うる》みそうになる目で、ナギはそっと忍の顔をうかがった。

「忍と一緒にいたらダメ……？」

このまま帰ったら、もう二度と会えないかもしれない。兄たちはもう二度と、自分を外に出してくれないかもしれない――。

そう思うと、胸が潰れそうだった。

そんなナギを見て、忍が大きく笑った。初めて見るくらい明るく。すっきりとした表情で。

「おまえが俺と一緒にいたいと思ってくれるんなら、俺もおまえの兄さんには頭を下げて頼むよ。……でも、本当にいいのか？　家族と離れて俺と一緒で」

聞かれて、ナギは胸がいっぱいになった。

何度もうなずく。本当に頭がふりきれるくらい、何度も。

言葉にならなくて、忍にしがみつく。

それをしっかりと受け止めて、忍が言った。

「じゃ、頼みに行こうか」

そのまま手を引かれておずおずと隣の客間に入ると、テーブルを挟んで葵と向き合っている長兄の姿が見えた。さすがに人の姿をしている。長い髪を後ろで一つにまとめ、きっちりとしたスーツ姿で。

千永はやはり葵の後ろで壁にもたれて立っていた。

そう言われてみれば、確かに千永は犬くさいな…、と思う。犬の妖祇なのだろう。

場は、お世辞にも和やかに話が弾んでいたふうではなかった。言い争っていたという感じでもないが、何か難しい議論でもしていたような深刻そうな空気で。

「ナギ。大丈夫なのか？」

ハッと顔を上げた兄に心配そうに聞かれ、ナギはうなずく。

「うん。もう平気」

それに小さく息をついた兄が、一変して厳しい表情でナギをにらんできた。

「おまえ、あれほど里から出るなと言っておいただろう。ここまで騒ぎを大きくした責任はおまえにもあるんだぞ？」

ぴしゃりと言われて、さすがに身を縮ませる。

「ご…ごめんなさい……っ。でも――」

「でもじゃない。すぐに帰るんだ」

有無を言わさない強い調子にナギはわずかに息を呑んだが、つないだままだった忍の手がぎゅっとナギの手を握りしめてくれる。それに勇気を出して、思い切ってナギは顔を上げた。

「兄さん。俺は…、忍と一緒にいる。一緒にいたいんだ」

大きく息を吸いこんで、はっきりと言った。

この手を離したくない。ずっと一緒にいたい。いなくちゃいけない——そんな気がした。

「おまえは…、自分の立場がわかっているのかっ？　自分の存在がどういうものかっ⁉」

立ち上がった兄が表情を変えて声を荒らげ、ナギは言葉もなく立ちすくんでしまう。

兄に叱《しか》られることはしょっちゅうだったが、こんなふうに感情的だったことはない。

「教えてもいないものをわかれというのは無理でしょう。いつまでもナギを閉じこめておくことはできないんですよ」

と、横から葵が口を挟んだ。

それに兄がいくぶんたじろいだように視線を漂わせる。そして言い訳するように口の中で低くうめいた。

「しかし…、それはもちろん、時期をみて教えるつもりではいた。ナギにそれなりの力が身につけば……」

そんな言葉に、ナギはちょっと目を瞬かせた。

——何のことだろう……？　妖怪…ってことじゃなくて？

ちょっと意味がわからなくて、ナギはちらっと忍を見上げてみる。

忍はわかっているのか、小さくうなずいた。大丈夫だよ、と言うみたいに。そして兄に向き直ると、忍が静かに口を開いた。

「ナギのことは必ず、俺が守ります」

その言葉に心が震える。ぎゅっと、強く手を握り返す。

「知ったふうなことを……」

兄が、いくぶん視線をそらせるようにして小さくうめいた。どこか、迷うように。

「忍には、妖祇の気の流れをコントロールする力があるのかもしれないですね。ナギも忍と一緒にいることで、自分で力を加減できるようになるかもしれないですし。きっといいナギの守りになりますよ」

葵がものやわらかな、穏やかな口調で言い添えてくれる。

兄がうかがうようにその葵を見つめ、迷うように忍に視線を移す。そして、ナギに。

「兄さん…っ」

すがるみたいに、必死の眼差しで見つめ返したナギに、兄が大きなため息をついた。

「まだ勝手に逃げ出されるよりはマシかもしれないな……」

軽く首をふって不承不承口にした言葉に、ナギは思わず息をつめた。

やった…！　と忍に飛びつきそうになったが、なんとか我慢する。

「修行は続けろよ」

腕を組んで、いくぶん重々しく言われ、はい、とナギも神妙に答える。

「いつでも顔を見に来てくださってかまいませんから」

「ああ…。世話になるのなら、近いうちに父と正式に挨拶《あいさつ》にうかがう」

愛想のよい葵の言葉に、兄がいくぶん堅苦しくうなずいた。

「知良で責任をもってお預かりします」

なるほど、忍に、というより、知良の家をとりあえず信頼してナギを預けることに同意した、ということらしい。

ほっ、とナギは息をついた。

——忍のお兄さん…、なんだ……。

兄を見送ってから、あらためて葵を眺めるが、顔立ちに似たところは見られない。

そんなナギの視線を感じたのだろう、軽く首をかしげて尋ねられ、ナギはちょっとあわてた。

「何？」

「あっ、あの…、忍と……あんまり似てないなー…って思って」

ああ…、と葵が湯飲みに手を伸ばしながらうなずく。

「むしろ忍くんの方が父に似てるかな。だから、初めて会った時もすぐにわかったよ。俺は、どちらかというと母親似だから」

「そうなんですか……」

そんな葵の言葉に、忍がいくぶん驚いたようにつぶやく。

会ったこともない父親に似ていると言われても、確かにピンと来ないのだろう。

「ナギくんはお兄さんともよく似てるよね」

「そっ、そう…、かな…?」

にっこりと笑って言われ、ナギはちょっとあわててしまう。

あんまり似ていると感じたことはなかったのだけど。ちょっとうれしいような、恥ずかしいような。

それに千永が横から、ふん、と不機嫌に鼻を鳴らした。

「だいたい、カッパの分際でえらそーなんだよ、あの男は。何様のつもりだ」

「カッパ?」

しまった、とナギがあせる間もなく、忍はしっかりとその言葉を耳にしたようだ。

「ああ…、妖怪って…、カッパだったのか。そういえば、山の奥に河童《かっぱ》ヶ淵《ふち》という場所があったが」

納得したようにうなずき、ふと思い出した顔でナギを見る。

「おまえ、カッパ……なのに、川で溺《おぼ》れてたのか?」

さすがにあきれたような声だ。

「お…泳ぎは苦手なんだよっっ！」

言われたくないことをよりにもよって忍に言われ、ナギは真っ赤になってバタバタした。

——だっ、だから忍には言わなかったのに……！　言いたくなかったのにっっ！

「川で溺れただと？」

聞きつけた千永が、にやり、といかにも意地の悪い笑みを口元に浮かべた。

「カッパの川流れか」

端的にぐっさりと突き刺さる言葉を放たれ、くーっ！　とナギは歯がみする。

「おまえなんかっ！　犬かきで溺れろっっ！」

「やかましいわ、バカガッパ、アホガッパ、エロガッパっ」

「エロじゃないよっ！」

さらに耳まで真っ赤にしながら、ナギはぎゃんぎゃん叫ぶ。

「エロガッパ、エロガッパ、エロガッパ」

ナギが反応するのに、さらにおもしろがるように千永が嫌がらせを言う。

「うるさいっ！　駄犬っっ！」

「口の利き方に気をつけろよ…。皿を割られたいかっ」

千永がいきなり長い腕を伸ばしてナギの首を引っつかむと、頭の上から拳をめりこませてきた。

「バカっ、やめろっっ」

敏感な頭のてっぺんをグリグリされて、ナギは涙目でわめく。

「千永！　子供か、おまえはっ」

とうとう葵がぴしゃりと叱りつけ、千永が一瞬ひるんだ隙に、ナギは男の手にがじっ、と思いきり嚙みついてやった。

「きさま…！」

千永の拳が容赦なく頭にめりこもうとした寸前、ナギは素早く小さな本体にもどる。

スカッ…、と頭上で男の拳が空を切った。

ナギは半泣きで、しっぽをぶるぶるさせながら一目散に忍の腕に飛びこむ。よしよし、と忍が優しく背中を撫でてくれる。

――犬なんて嫌いだ……っ。

べそべそと思った。

「千永、ナギをいじめるな。これからは一緒に住むんだから」

『えーっ！　やだっっ』

ため息をついて言った葵に、ナギは思わず悲鳴を上げる。冗談じゃない。

「じゃあ、ナギくんは里に帰るの？　忍くんはうちに来るんだよ？」

向き直った葵に聞かれ、ナギは、うっ…と言葉につまってしまう。

『それも嫌だ……』

そういえば、知良で預かる、とさっきも言っていた。いつの間にか、そういう話になっていたらしい。

もちろん忍にとっても、その方がいいには違いないのだろう。家族と一緒になるのだし、ここで朝から晩までこき使われることもなくなるだろうし。

ナギは頭の中でとっさに秤《はかり》にかける。だが重さはもちろん、忍と一緒にいる方がずっと重い。

『そいつと一緒で我慢する……』

忍の胸にしがみつき、ぴとっと腕の中に隠れるようにくっついたまま、ナギはしぶしぶ言った。

「我慢だと？　こっちのセリフだ」

ケッ、と物騒な顔で吐き出した千永に、ナギは肩越しにふり返って、べーッ、と舌を突き出してやる。

「大丈夫かな……」

忍と顔を見合わせ、葵がため息をついて額を押さえた――。

葵たちは今夜もう一晩、旅館に泊まるようで、忍も明日、葵たちが帰るのに合わせて女将たちには話をすることにしたようだ。

葵の家――父親の家に移るとなると、もちろんここからはかなり遠くなるが、忍は転校はせず、一時間半もかけて通うつもりらしい。

もともと忍が葵の家に行くのを同意したのも、ナギを連れて行けるなら、ということだったと葵に聞いた。この旅館ではナギを長くおいておけないから、と。

会ったこともない父親と暮らすのは、忍も緊張するんだろうな…、と思ったが、どうやら葵と忍の父親には放浪癖があるらしく、葵も「三年くらい会ってないよ」らしい。

「生きてるとは思うけど」

と、あっさり言っていたのは、ちょっとすごい。

葵も小さい頃から父親は家にいないのが普通だったようで、忍くんと同じようなものだよ、と笑っていた。それはそれで複雑な気もするが。

すでにとっぷりと夜は更けて、ナギも一緒に忍の家に帰ってきた。

とりあえず茶の間で、ふたりでくつろぐ。

温泉から水柱が上がったり、その側で女将が倒れていたりで、今日は露天風呂は封鎖して点検するとかで、忍の温泉掃除も休みになったらしい。女将も自分の記憶が途切れていることに、さすがに不安を覚えているようだ。

なんかいろんなことがありすぎて、あたりまえにここに帰ってきたことに、ちょっと放心してしまう。

しかしナギにとってみれば、最後に千永に言われた一言が、やはりぐっさりと胸に突き刺さっていた。

「エロガッパって言われた……」

「気にするな」

忍はなんでもないようになだめるが、千永のあの意地の悪い顔と声が頭の中によみがえってくると、ナギはジタバタと暴れたくなるのだ。

「なんで人間はカッパに対してそんなヘンケンがあるんだよ…っ？」

忍にそんな八つ当たりをしてしまうくらいに。

「いや、偏見というか……」

忍が困ったようにうめいた。

まあ、そもそもが想像上の動物——妖怪でしかないのだ。人にとっては。

偏見もへったくれもないのだろうが。

「ナギは可愛いよ」

ちょっとため息をつくように、小さく笑って忍が言った。

指先で軽くナギの前髪を撫でてくれる。

「……ホントに？」

うかがうように、ナギは確かめる。

「ああ。それに多分…、人間の方がエロいよ。カッパよりずっとな」

「そうだよなっ」

静かに言われて、ナギは勢いこんだ。

そう。あんなヘンなビデオを見て喜んでいるくらいだ。

「俺だって、ナギにいやらしいことをしたいと思ってる」

「えっ…？」

が、続けてさらりと言われた言葉に、ナギは思わず高い声を上げてしまった。

じっとナギを見つめる忍の視線が、妙に熱くて……ドキドキする。

——いやらしいこと……？

頭の中で反芻《はんすう》して、知らずカッ…、と身体が熱くなる。

エロガッパ、って言われて。

本当は……忍に知られるみたいで恥ずかしかったのだ。自分が、実際、いやらしいことを考えているのが。

時々、……その、忍がしてくる以上のことを、してほしい——と。

それをあの男に見透かされたようで、悔しかったのだ。

「してもいいか？」

平然とした顔で静かに問われて、ナギの方があたふたしてしまう。

「しっ、しっ、しっ、してっ……して…も、いい……けど……っ」

「けど？」

優しく、どこか楽しげに聞き返しながら、忍がぐっとナギの身体を抱き上げた。あわあわするうちに隣の部屋の、今日は敷きっぱなしだった布団の上に落とされる。

「あの…っ、いいんだけど……っ」

自分でも何を言いたいのかわからない。

ナギの両手が優しくとられ、シーツに縫い止められる。真上からまともに顔がのぞきこまれて、カーッ、と頭に血が上る。

「キスしていいか？」

「……うん」

聞かれて、ナギはようやくうなずいた。

ぎゅっときつく目を閉じると、覚えのある熱が唇に触れた。

やわらかく濡れた感触にその表面がなぞられ、あっという間にそれは唇を割って中へ入りこんでくる。

そこからは初めてだった。何が起きるのかもわからない。

「んっ、ふ……」

抵抗もできないまま、熱く、執拗《しつよう》に舌が絡めとられ、甘く、何度も吸い上げられる。

忍の舌の感触が生々しく、ぞくぞくと身体の奥から熱がにじみ出してくる。

「んっ…、んん……っ」

息が苦しくなって、鼻でうめいて、ようやく唇が解放された。

ただ荒い息をつくナギの唇から溢《あふ》れた唾液《だえき》を指先で拭《ぬぐ》い、忍の唇がさらに顎《あご》から喉元《のど》へとすべり落ちる。

「あ……」

ざわっと皮膚を走る危うい刺激に身体がのけぞる。

忍の手がナギの帯を解き、合わせから手のひらを差しこんで、軽く前をはだけさせた。

「あぁ…っ」

直接肌が撫で上げられ、びくん、と一瞬、身体が伸び上がる。皮膚の硬い手のひらが、ナギの真っ平らな薄い胸を撫でまわす。そして男の指がほんの小さな突起を見つけ出すと、執拗にそれをいじり始めた。

「あっ…あっ…、やだっ……そこ……っ！」

じわっ、と身体の中心に熱く疼《うず》くものがたまり始め、ナギは反射的に逃れようと身体をよじった。しかし逃げる場所もなく、ただほしいまま、男の指の餌食《えじき》になる。

硬く尖《とが》らせてしまった乳首が男の指に弾かれ、押し潰されて、きつくひねり上げられる。

「ひぁ…っ！ ……ああっ…ん…っ」

瞬間、自分でも真っ赤になるほど淫《みだ》らな声が口から溢れた。

「ふ…あぁぁぁ……っ」

ジンジンと痛みに疼くそれが忍の舌になめ上げられ、唾液をこすりつけるように舌先で転がされる。濡れた乳首がさらにもう一度指で摘《つま》み上げられて、あまりの刺激の大きさにナギは身体を跳ね上げた。

その片方が指で愛撫《あいぶ》されながら、もう片方もあっさりと浴衣が払われ、唇に含まれる。

やわらかな舌がナギの乳首を味わい、たっぷりと唾液を絡めて、そのぷっつりと硬く尖った感触が楽しまれる。両方の乳首が指でいじられて、ナギはシーツを引きつかんだまま、たまらず身体をのたうたせた。

「やっぱり可愛いな…」

その嬌態《きょうたい》がじっと熱い眼差しで見つめられ、つぶやくように言われて、さらに身体が高ぶってしまう。

やがて男の手は薄い脇腹から足の付け根へとすべり、内腿《うちもも》が撫で上げられた。

「あっ……あぁ……っ」

そしてその先ですでに形を変えて反り返っているモノが、ツッ…、と指先でなぞられる。

まだ何もされていないのに、自分の中心がすでにそんなことになっているのに、ナギはうろたえた。

「やっ…、そんな……っ」

かぁっと顔が赤く染まる。

かまわず忍がナギの片足を引きよせ、足の間に自分の身体をねじこんでしまった。

男の目の前で大きく膝が開かされ、恥ずかしさにナギは顔を覆う。

「今日は…、もっとよくしてやるから」

忍が手の中にナギのモノを収め、ゆっくりとしごきながら静かに言った。

手、では何度かされて。思いきりあえがされて、イカされたこともあったが、こんな格好は初めてだった。

真正面に顔が見られるのが、たまらなく恥ずかしい。

と、いきなり手が離されたかと思うと、次の瞬間、何か温かく濡れた感触に中心が包まれ、ナギはハッと目を開いた。

「なっ…なに…っ？　やっ…、しのぶっ、しのぶっ、やぁぁ……っ！」

目の前に、忍がナギのモノを口にくわえている姿が見える。

きつく優しく、強弱をつけてしゃぶり上げられ、口で何度もしごかれて、ナギは大きく身体をのけぞらせた。

信じられないほどの快感と羞恥で、頭の中が真っ赤に染まる。

いったん口から離した忍が、すっかり硬く成長したナギのモノを根本からなめ上げた。

びくびくと小さく震える根本のあたりを指でこすり、双球をやわらかくもみしだく。くびれから先端を舌でなめまわし、先の小さな穴を舌先で執拗になぶると、軽く吸い上げる。

「あぁっ、あぁっ、ダメ…っ、ダメ……っ！」

一気に弾けてしまいそうで、ナギは腰を震わせながらあえいだ。

それに忍がそっと笑い、根本を指でこすりながら、もう一度、ナギのモノを口に含む。

「ひ…あぁぁぁ……っ！」

先端からにじませる蜜が何度も舌先で拭われ、甘噛みされると、たまらずナギは男の口の中に放っていた。

甘い陶酔が全身を包んでいく。

顔を上げた忍が自分の唇を拭い、身体を重ねるようにしてそっと、ナギの前髪をかき上げた。

額に、頬に、キスが落とされる。

「気持ちよかったか…？」

優しく聞かれて、潤んだ目で、うん…、とナギは答える。

「そうか…」

そっと微笑んだ忍がナギの肘《ひじ》をとり、身体が裏返された。

うなじから襟足が撫でられ、背筋にそって優しく指が流れていく。そしてそのあとを唇が、舌がたどる。

やわらかな感触に、ビクビク…、と無意識に身体が震えてしまう。

「甲羅《こうら》はないのか…？」

背中を撫でられながら小さく笑うようにして聞かれ、ナギは首をふる。

「と…時々…っ、必要な時……、せ…背中が硬くなる……だけ…っ」

必死に言ったナギに、そうか、と忍がうなずく。

「よかったよ。甲羅があったら、背中は感じなさそうだからな…」

そして肩胛骨《けんこうこつ》のあたりを唇でついばみながら、前にまわった指がナギの小さな乳首を摘み上げる。

「あっ、あっ…、あぁ……っ」

押し潰され、いじられて、うずうずとした刺激にたまらず、ナギは両肘でわずかに身体を持ち上げて、揺するように身体を動かしていた。

そのまま脇腹まで撫で下ろされ、男の唇が腰の窪《くぼ》みにまで行き着く。

両膝が立てさせられ、小さな尻が包みこまれるように撫でられてから、男の指がグッ、と力をこめて、その部分を押し広げた。

「なっ…、忍……っ！　だめ……っ！」

ようやく自分のされていることに気づいて、ナギは真っ赤な顔で声を上げる。

しかしかまわず、男の指はナギの一番奥に隠された場所をさらけ出させた。

「や…あぁぁ……っ」

濡れた感触に硬くすぼまった部分がなめ上げられ、さらに唾液をこすりつけるようにして舌先がねじこまれる。

ざわざわと全身に、何か得体の知れない波が走っていく。

「そっ…そんな……そんなとこ……っ」

ナギはあわてて腰を引こうとしたが、男の手ががっしりとつかまえて離さなかった。

いやらしく濡れた音を立てながら執拗に舌でなぶり、だんだんと頑《かたく》なだった入り口が溶けてくるのが自分でもわかる。

やわらかく解けた襞《ひだ》が淫らに忍の舌に絡みついていくようで、ナギは恥ずかしさに涙をにじませる。

「やだ…っ、やだ……っ！」

頭をふり、無意識に口走りながらも、前にまわされた男の手に中心が捕らえられ、再びそれが硬くそり返しているのを教えられた。

後ろをなめられただけで。

「あ……」

先端が指でもまれ、ぽたぽたと蜜が滴《したた》る。

ようやく男が唇を離し、ホッと息をついたのもつかの間、硬い指先が溶けきった入り口をかきまわした。もの欲しげにうごめく襞をかき分け、男の指が一本、ゆっくりと中へ入ってくる。

「あ……ん…っ…」

根本まで差しこまれ、大きくまわされて、ナギは思わず喉をのけぞらせた。何度も抜き差しされ、馴染《なじ》まされて、さらにもう一本、中に入れられる。

痛みはなかった。ナギの腰は夢中でそれをくわえこみ、締めつけて、中をこすり上げられる快感に酔う。

同時に前がしごかれ、もう自分でもわからないままに、激しく身体を揺すり上げていた。

「しのぶ…っ、しのぶ……っ、また…っ、また……っ！」

限界を迎えそうになり、ナギは泣きながら訴える。

それに忍は、ゆっくりと指を引き抜いてしまった。

「あ…っ、やだ…っ、抜かないで……っ」

思わず溢れた声に、自分で赤面する。

背中で忍がかすれた声で笑う。そしてのしかかるように肩のあたりにキスを落としながら、耳元でそっと尋ねてきた。

「俺のを…、入れてもいいか……？」

低く、熱く、かすれた声で聞かれ、ナギは恥ずかしさに枕を噛んだが、それでも、うん…、となんとか答える。

「あぁぁ……っ！」

するといきなり脇腹に腕がまわされ、身体が表にひっくり返された。

そのまま足が大きく掲げられ、折り曲げるようにして腰が浮かされる。

糸を引くように蜜を滴らせていたナギのモノが恥ずかしく男の目にさらされ、しかしそれには触れられないまま、腰の間に何か硬いモノが押しあてられた。

「あ……」

その熱さに、ひくっ、と喉が動く。

絡みつく襞をえぐるように、指よりもずっと大きなモノが中へ入りこんでくる。

ナギは必死に息を吐き、それに合わせるようにグッ、と男が深く突き入れる。

「あぁぁぁぁ……っ！」

一気に奥まで貫かれ、ナギは大きく身体をのけぞらせた。

一瞬の痛みが頭のてっぺんまで突き抜け、それでも自分の中が忍でいっぱいに満たされているのがうれしい。

そのままゆっくりと腰が打ちつけられ、大きくまわされて、身体の奥から自分の知らない甘い、疼くような熱が引き出される。

忍の手がナギの中心で恥ずかしく滴を垂らしているモノに絡みつき、きつくしごかれる。さらに後ろが激しく揺すり上げられ、何度も突き上げられた。

「ふ…、ん…っ……あぁっ…あぁぁ……っ、――いい……っ！」

与えられる快感に頭の中が濁ってくる。

出ているはずのない小さなしっぽが、ビクビクと動いているようだった。

今はない器官までも感じてしまう。

男の手がナギの腰をさらに引きよせ、両膝を胸につくほどに折り曲げて、さらに大きく抜き差しする。

「やだ…っ、や…っ、もっと…っ、もっとっ……、行かないで……っ」

こすり上げられる感触と、そして男の抜けていく感触に、ナギはパニックになったように淫らにねだる。

「カッパというのは…、身体がやわらかいんだな……」

そっと吐息で笑って、忍がつぶやいた。

だがナギはもう、自分がどんな格好になっているのかもわからない。

「そんなに感じるのか…？」

優しい、だけど意地悪な声に聞かれて、ナギはぶんぶんと首をふりながらも、腰は恥ずかしく揺れてしまう。男を離さないように、きつくきつく締めつける。

忍のしっとりと汗ばんだ手のひらがナギの頰を撫で、足を抱え上げたまま身体が重ねられて、唇が奪われる。

「んっ…んん……っ」

ナギは夢中で男の首に両腕をまわし、背中からいっぱいに抱きしめた。

硬い筋肉の張った、大きな背中だ。

何度もキスを交わし、舌を絡め、唾液を混じり合わせながら、男が激しく腰を使う。

「あ…ぁ……あぁ…っ、あぁぁぁ……っ！」

男の肩に爪を立て、両足を腰に絡みつけたまま、ナギは達していた。

いったん身体は離れたが、熱い呼吸も収まらないままに、二回、三回と忍とつながり、ようやくおたがいに満足した身体をより添わせる。

「……人間の方がエロいだろう？」

精根尽き果ててぐったりと横たわったナギの耳元で、こっそりとささやくように言われ、ナギは赤い顔のまま、うん…、とうなずいた。

ホントに、こんなにされるとは思ってもいなかった。

……でも、やっぱり人間だけ、でもない気はしたけど。

ナギはもそもそと動いて、さらに忍の身体にぴったりと抱きつきながら、ふと思い出して尋ねた。

「どうして…、忍は俺が人間じゃないってわかったんだ？　やっぱり見えてたの？」

知良の血筋だから。やはり一目で、ナギが妖怪だったことがわかったんだろうか？

「え？　ああ…、まあ、そんなところだ」

忍がそれにちょっと視線をそらせて答えた。

――あの時、しっぽを隠し忘れていたことは言わない方がいいんだろうな……。

と、忍が内心で考えていることなど、もちろんナギは知らない。

そんなにあっさりと見破られていたのはショックだったが、それならしかたないよな…、とナギは素直に思う。

忍の体温にまどろみ、ナギは甘えるように男の肩口に鼻先をこすりつけた。

ずっと一緒にいられるんだ…、と思うと、ツン、と鼻の奥が痛くなって、まぶたが熱くなって泣きそうになる。

あの日、忍に拾ってもらってよかった……。

「カッパの川流れ」は、多分、ナギには幸運なことを言う諺《ことわざ》のようだ。

忍が見つかった父方の親戚に引き取られるという話になると、今までさんざん邪魔者のように言っていた女将はあわてたように忍を引きとめにかかっていた。

そんな遠くから高校に通わなくても、卒業するまでうちにいればいいじゃないの――、と。

どうやら、ただ働きさせる人間がいなくなるのを惜しんでいるらしい。

それでも結局、なんだかんだと三日ほどで忍は新しい家に移った。

もちろん、ナギも一緒に。

千永とはやっぱり犬猿――犬とカッパの仲だったけど。

そして忍は時々、学校帰りのおみやげにキュウリの一本漬けを買ってきてくれる――。

祓い師×妖怪×エクソシスト

知良《ちいら》の家に移るのに、ナギは文字通り身一つというところだった。

忍《しのぶ》にとってはあわただしい引っ越しなのだろうが、もともと引っ越し荷物などというものはほとんどなく、転校するわけでもなかったので、ややこしい手続きなどは必要なく、案外手軽な感じだ。

せっかくですから新年は家族で迎え、その折りに親戚筋にも紹介したいと思いますから――、と申し入れた葵《あおい》の言葉に、今まで忍のことは厄介者のように言っていた女将《おかみ》は反論できなかったようだ。どうやら、ギリギリまで忍をこき使いたかったらしいが。

しかし忍にしても学費を出してもらっていたわけではなく、給料や生活費を出してもらっていたわけでもなく、せいぜいがあのボロい離れの家賃と食事代くらいだろうが、それもあれだけ働いていればおつりがくる。特に負い目に思うようなことじゃない。――と、ナギも憤然と思っている。

初めて見る葵の家、つまり忍の父の家――御知花《みちか》神社は郊外の比較的のんびりとした土地にあった。裏には鎮守《ちんじゅ》の森というのか、ちょっとした山もあって馴染《なじ》んだ空気だ。ナギとしてはホッとしたような、想像していたような「都会」でなくてちょっと残念なような感じだった。

初めて家族と離れて暮らすことになって、やっぱり少しばかり心細いところはあるが、それでも忍と一緒ならどこにでも行ける。

忍から離れちゃいけない。そんな本能的な危機感と、そして離れたくない、という感情的な思いと。

忍もそうだったらいいな…、と思う。

でも忍にはいつも助けてもらってるばかりで、迷惑をかけてるだけのような気もするのだ。

今度だってよくよく考えてみれば、忍は本当にこの家に来たかったんだろうか？　と疑問に思えてきて、ナギはちょっと不安だった。

忍にしてみれば、会ったこともない父の家なのだ。……まあ、そのお父さんは放浪中とかで、家にはいないようだったけれど。

「お世話になります」

それでも到着してとりあえず客間に通され、忍があらためて葵や家の人たちに向き直った。

居住まいを正し、両手を正座した膝《ひざ》においてピシリと一礼したのに、ナギもあわてて忍の横で正座し直して――人の姿で――ぺこりと頭を下げた。

「お、お世話になりますっ」

「礼儀正しい子じゃのう。なるほど、なるほど、妥真《やすま》さんの若い頃と顔はよう似ておるわ。性格はずいぶん違うようじゃがな」

そんな忍の姿に、奥庭に面した廊下側にすわっていたかなり年配の男が相好を崩した。梅造《うめぞう》という亀の神使《しんし》だ。

その横で好奇心いっぱいにナギたちを眺め、にこにことしている巫女《みこ》姿の女の子はどうやら兎《うさぎ》の神使で、結名《ゆうな》というらしい。見かけは忍より少し年下くらいに見える。

「忍さん、カッコイイー。ナギくん、カワイイーっ」

二人とも、この知良の家に住み込みでいるという。つまりこれから一緒に暮らすことになるわけで、顔合わせと挨拶《あいさつ》で客間に呼ばれていた。

梅造は妥真——葵と忍の父親だ——のこともよく知っているようだった。ずいぶんと長く、この家にいるらしい。どうやら、葵が生まれる前からずっと。

「忍くんのお母様がきちんとされている方だったんだろうね。よかったよ、あんないいかげんな父に似なくて」

それに表情も変えず、出されていた湯飲みに手を伸ばしながら、葵がバッサリと言った。

……実の父親に対してずいぶんと辛辣《しんらつ》だ。

ナギは思わず目をパチパチさせてしまう。

「妥真さんは自由奔放な御仁じゃからのぅ…。考えるところもあるんじゃろうて」

ほっほっほっ、と梅造がのんびりと笑った。そしてその細い目がゆっくりとナギに向く。

「こっちの子はカッパかのう。はてはて…、守役の妖使《あやかし》が人についてくるとは聞かぬことじゃが」

軽く首をひねられ、ナギはちょっと肩をすぼめてうつむいてしまう。

——やっぱり、来ちゃいけなかったかな……。

そんな気がして。

もともとナギたち「妖使」は、人に正体を知られてはいけない存在なのだ。役目のために、人に擬態《ぎたい》して人の中で暮らすことはあるにしても。だからこそ「妖怪」であり、伝説上の生き物とされている。

しかしそんなナギの頭にふわりと忍が手のひらをのせ、指で軽く撫《な》でてくれた。

ハッと顔を上げると、大丈夫、というように忍が落ち着いた表情でうなずく。

「ナギは多分、俺を葵さんに引き合わせてくれたんですよ。正直まだ…、俺にはこちらの御祓《おはらい》方《かた》のこととか…、妖祇《あやかし》とか、わからないことも多いですが、ナギと一緒にいることが、俺の役目のような気がします」

静かに言った忍に、葵もうなずいた。

「忍くんにはナギくんの力の制御ができるようだし、……まあ、それが能力なのか、ナギくんの信頼度の問題なのかはわからないけどね」

「うかつにバカ力を爆発させるなよ、エロガッパ」

襖《ふすま》の横で柱にもたれて立っていた千永《ゆきなが》が憎たらしく口を挟み、ナギはむかっ…と男をにらみ上げた。

「エロガッパじゃないって言ってるだろっ」

憤然と嚙《か》みついたナギに千永が鼻で笑う。

「どうだかな」

「ひどーいっ。自分がエロ狼《おおかみ》のくせにっ」

どうやら千永とは仲が悪いのか、結名が口を膨らませて抗議してくれ、しかし千永にぎろっとにらまれると、ぴゅっ、と風のような勢いで跳んで逃げた。さすがに兎は逃げ足が速い。

「千永。今度そういう嫌がらせを言ったらペナルティを食らわすぞ。当分、おやつ抜きか、別のものも抜きか」

切れ長の冷たい眼差しがちらっと肩越しに千永を射貫き、千永がチッ、と不満げに舌を打つ。

……別のものってなんだろ？　と思いつつも、ざまあみろ、とナギは舌を出す。やはり千永は葵さんには頭が上がらないみたいだ。

そもそも「式祁《シキ》」というのはそういうものだが、それにしては千永は主に対して偉そうだ。

「あの…、本当によかったんでしょうか？　いきなり食扶持《くいぶち》が二人も増えて。すみません、神社の収入ってどういう感じなのか見当もつきませんが」

忍が思い出したように尋ねている。

「まあ、確かに維持するのに苦労しているところは多いかもしれないけどね」

それに葵が苦笑した。

「でも問題はないよ。うちはまあ……いろいろね。個人的に副業もしてるし、たまに宝くじも当たるし」

「宝くじ……ですか？」

忍がとまどったように聞き返す。

「そう。神社の修繕とか、何かあって臨時にお金がいる時は。……ご神託《しんたく》が下るから」

「ご神託？」

「御知花様の。そのうちちゃんと紹介もできると思うよ。今はいないみたいだけど。いないっていうか、こっちに関心がないか、寝てるのかもしれないけどね。あとで拝殿でご挨拶だけしておこうか」

「こちらのご本尊…、じゃないですね、……ええと」

忍が言い淀《よど》んだのを察して、葵が言った。

「祭神だね、神社では。うちの主神が御知花様になる」

ナギもあまりよく知らなかったが、そういえば神様がいるんだよな…、と思い出した。なにしろ神社だ。ナギは「神様」には会ったことはなかったのだが。

というか、そんなに簡単に会えたりするものなのかな？

と、首をひねってしまう。

しかも、寝てるって……？

「ご神託って、……その、御知花様が宝くじを当ててくれるんですか？」

「ちょっとズルだね。でも贅沢《ぜいたく》できるほどの高額じゃないから」

葵が微笑《ほほえ》んでひらひらと手をふる。

「すごい……ですよね？　それって」

それに忍はどう返したらいいのかわからないようにつぶやいた。

「気まぐれだから定収にはならないけど、飢えるようなことはないと思うよ。まあ、御知花様も面倒をみる人間がいなくなったら困るんだろうし」

葵がくすくすと笑った。

「なんにしても、遠慮するようなことじゃないよ。忍くんにとっては自分の家なんだし、部屋もたくさんあまってるから。あ、それにたくさん手伝いもしてもらうしね。年末年始は猫の手もカッパの手も借りたいくらいいそがしいし…、そうでなくてもうちの神社は万年、人手不足だけど」

にやりとどこか人が悪い顔で笑った葵に、忍は生真面目《きまじめ》に返している。

「あ、はい。それはもちろん」

「ナギくんもね」

ぴしりと言われ、はいっ、とナギも思わず背筋を伸ばして返事をしてしまう。

——うう…。旅館の女将よりこき使われたらどうしよう……、とちょっとびびってくる。

葵さんも案外、恐そうだ。

と、思い出したように葵がやわらかく微笑んで言った。

「……ああ、それに考えてみれば、今までこの家に住んでた人間って俺だけなんだよね。弟というだけじゃなくて人間の仲間ができるわけだし、うれしいよ」

亀と兎の神使。狼の妖祇《あやかし》。そしてナギもカッパの妖使《あやかし》だ。新入りに挨拶に来たのか、トコトコと廊下を走ってきた子犬――普通の、だ。クリという名前らしい――もいたが、確かに人間は葵と忍だけになる。

「東の離れを使えるように掃除しておきましたよ。二間あるし、ちょうどいいじゃろ。日当たりもよいしな。何か不自由があったら遠慮なく言ってくだされ」

にこにこと言った梅造に案内されたのは、旅館にいた時と同じ「離れ」とはいえ、母屋とは中庭を挟んで廊下で続いた先だった。確かにちょっとした旅館並みに大きな家で、掃除が大変そうだなー、と思ってしまう。

十畳ほどの和室が二つ続いてあり、クローゼットやテーブルなどもちゃんと備わっている。

片づけを手伝おうかの、と梅造には聞かれたが、ほんの段ボール三つ分くらいの荷物しかなく、忍はそれを断って、ナギと手分けして適当な場所に収めていった。

チェストの上に小さな家具調の仏壇も用意されていて、忍はまずそこにお母さんの位牌《いはい》や写真を納めていた。

ナギもちょこっと手伝って、少ない服やら学用品やらを片づけると、ものの一時間ほどですべて終わってしまう。

　自由にまわっていいよ、と言われていたので、夕食までの余った時間、ナギは忍と一緒に家の中を探索してみた。やはりナギにとっても新しい場所はものめずらしく、わくわくしてしまう。

　いくつかある庭を眺めながら、まず台所へ行って、そこで支度をしていた梅造からおやつにイチゴ大福をもらってほくほくする。そして風呂場や洗濯場を確認して、他の部屋ものぞいてみる。何もないがらんとした和室も多かったが、仏間――ではなく、霊舎と言うそうだ、神式の仏壇のようなものが祀《まつ》られている部屋に行き当たって、忍が丁寧にお参りをするのに、ナギもあわてて〔て〕ならった。

「考えたこともなかったが、母さんは仏式でよかったのかな…」

　そこを出てから忍がちょっと首をひねったが、ナギにはなんとも答えようがない。

「でも小さいお仏壇、用意してくれてたから大丈夫じゃないかな。神様って八百万《やおよろず》もいるんだし、仏様が混じってても文句は言わないと思うよ？」

　とりあえずそう言うと、忍がちらっと笑ってうなずいた。

「そうだな」

　階段を見つけて二階へ上がると、こちらも何もない部屋がいくつもあって、確かに部屋はあまっているらしい。納戸《なんど》やクローゼットのような部屋も、書斎のように本がたくさんある部屋もあり、暮らす人数を考えると贅沢《ぜいたく》といえる空間だ。

と、奥の方の一角が葵の部屋らしく、開けっ放しだった襖の奥に葵が何かたくさん部屋中に広げているのが見えた。その後ろで千永が葵に指示されるまま、何か押し入れから出し入れしている。

千永って葵さんの言うことはちゃんと聞くんだなー、とちょっと感心してしまう。あんなに偉そうでふてぶてしいのに。

ていうか、いつも後ろをくっついてまわっているのが、やっぱり犬の眷属《けんぞく》だよなー、と内心でくっくっと笑ってしまう。

「ああ…、ちょうどよかった」

と、ナギたちに気づいて顔を上げた葵が、手招きして中へ呼びよせた。

「これ、ナギくんにどうかな、と思って。俺の昔の服だけど」

手元にあったのは、シャツやジーンズ、トレーナーなどの洋服と、浴衣《ゆかた》やちゃんとした羽織袴《はかま》を始め、着物もある。

えっ？　と声を上げたナギに葵がさらりと言った。

「今着てるの、忍くんのを借りてるんだよね？　だぼだぼだし。衣装ケースごと、もらってくれたらうれしいよ。こちらも片づくし、助かる」

「いいの？」

目を丸くして聞き返しながら、ちらっと忍を見上げると、忍もうなずいてくれる。

「ナギくんはちゃんとおしゃれしたら、アイドルみたいに可愛いと思うけどな」

笑って言いながら、葵が手元にあった服を大雑把に衣装ケースに詰め直し、あとで中を見てみて、と前に押し出してから、ふり返って千永に声をかける。

「その着物簞笥《だんす》の下から二つ目と三つめ…、そこそこ。出してきてくれ」

言われるまま、相変わらず無愛想な顔で千永が引き出しを引っ張り出し、そのまま葵の横に並べた。葵がその中から畳紙《たとうがみ》に納められた着物……だろうか、いくつか取り出す。

「それと、これは忍くんが着られるんじゃないかな。着物とか、袴とか。あと、作務衣《さむえ》とか。今ならこのキルティングのやつとか、暖かくて使えると思うよ」

「いえ…、でも」

恐縮したようにつぶやいた忍に、葵が静かに微笑む。

「嫌じゃなかったら使ってあげてくれないか？　父や叔父さんが使ってたものだけど、カビを生《は》やしとくのももったいないし…、それにうちでは作業着だからね。大晦日《おおみそか》からはちゃんと袴を着けて、社務所とかご祈禱《きとう》とかも手伝ってもらうから。忍くんは着慣れてるし、姿勢もいいから、立っててもらうだけでも様になるよ」

「はい…、ありがとうございます」

そんな葵の言葉に、忍が静かに頭を下げる。

「千永はお客さんの前に出せないけど、ナギくんは戦力になってくれそうだよね。千永と違って可愛いから、結名と一緒に巫女さんでもやってもらえそうだよ」

楽しげに言った葵に、後ろで千永がいかにも不服そうに鼻を鳴らす。

「カッパの分際で、服なんか着る必要はないだろうが」

「妖使はもともと上品な種族だからちゃんと服は着るのっ。おまえはドーブツだからいらないんだろうけどっ」

むかっとしてナギは言い返した。

人姿の千永は、一見、きちんと服を着ているように見える。それは見える、というだけで擬態に過ぎない。もちろん、人の時には普通に服も着れるはずだが、あまり身にまとうのが好きではないのだろう。もともと毛も長いようだから、寒くもないのだろうし。

ナギたちも本当は服も含めて擬態はできるのだが、毛が薄いし、やっぱり服なしだと今はちょっと寒い。それにいろんな服を着てみたい、とも思う。

「変化がヘタなだけだろ」

「おまえだっていっつもセンスのない真っ黒けの服しか着れないくせにっ」

憎たらしくせせら笑った千永に、ナギは噛みつくように言い返す。

擬態なので、自分でイメージできるくらいの服にしか見せられないのだ。

「なんだと、きさま…」

「はいはい、そこまでだ」

にらみ合った妖祇《あやかし》たちに、葵がパンパンと手をたたく。さらりといなしてから、思い出したように忍に向き直った。

「あ、それと、あとで忍くんの銀行口座を教えてもらえる？　学費は免除みたいだけど、部活費とか、学用品代とか、お昼代とか、いるだろう。お小遣いとかも振り込んでおくよ」

「いえ、そこまでしてもらうわけには」

ちょっとあわてて断った忍に、葵が静かに言った。

「忍くんは家族なんだから当然だよ。高校生なんだし。そうじゃなかったら、うちを手伝ってもらうのに給料を出すか、そのどちらかだね」

ピシリとした言葉に、わずかに迷うようにしてから、すみません、と忍が頭を下げる。

「ていうか、今まで十七年もほったらかしだったのが問題なんだと思うよ。まったく、あの人は……」

顔をしかめて葵がぶつぶつと言ったのは、放浪中という父親に、だろう。

「そういえば、どうして俺のことがわかったんですか？　あの場所にいることとか」

ふっと顔を上げて忍が尋ねた。

そういえば、とナギも首をひねる。どうして急に今頃、なんだろう？　放浪中のお父さんが忍の存在も知らないのであれば、それを葵が知っているのは不思議だ。

ああ…、と葵がうなずく。

「式神がね、知らせに来たんだ。父が忍くんのお母さんに預けていたみたいで、……ええと、小さな封筒か箱か何か、持ってなかった？　封印されていたヤツ」

言われて、あっと忍も気づいたようだ。

「ありました。小さな箱が」

「何か困ったことがあったらそれを開けるように、って父がお母さんには言っていたみたいだけど、お母さん、忍くんにはそれを伝える前に亡くなったんだね。それが何かの拍子で封印が破れて、中の式神が父のところに知らせにいったみたいなんだよ。父が叔父に連絡して、それがうちに来たんだ」

ずいぶんまわりくどい。

ああ…、とため息のように忍がつぶやいた。そしてちらっとナギに視線を向けてくる。

「ナギを拾った時、急いで毛布を出そうとして箱を落としたんですよ。貼《は》ってあった封が破れたようでしたが、中は空だと思っていた……」

「一瞬で飛んだのなら、見えなかったかもしれないね」

葵がうなずく。

なるほど、とナギも思った。川から助けてもらって、忍の家に運ばれた時だろう。意識がまともなら、ナギは気がついたかもしれなかったが。

「正月には叔父《おじ》にも紹介できると思うよ」

「どうして、お父さんは葵さんのとこに直接連絡しなかったの？」

何気なく尋ねたナギに、葵が一瞬、顔をしかめた。

「きっと俺に、いろいろとがみがみ怒られると思ったからじゃないかな。忍くんのことはやっぱり知らなかったみたいで、よろしく頼む、って言ってたみたいだよ。そのうち顔を見に帰るって。そのうち、っていうのがアテにならないけど。というか、普通はすぐに帰ってくるものだと思うんだけど……、ごめんね。なんか今、ウソか本当か、重要な調査中らしくて」

「いえ…。その、俺は迷惑じゃなかったら、それだけで」

忍があわてて言う。

ため息をついた葵に、そうかー、忍のお父さんもやっぱりただ見捨てたわけじゃないんだよな…、とナギはちょっとほのぼのした。よかった、と思う。

――のだが。

「……ああ、そうそう。そういえばナギくんの修行をお兄さんから頼まれてたんだよね。千永、おまえ、責任をもって毎日、一、二時間くらいは見てやってくれ。神楽殿《かぐらでん》を使っていいから」

「え――――っ！」

いきなりそんなことを言い出した葵に、ナギは頭のてっぺんから悲鳴のような声を張り上げていた。首を縮め、ちろっと様子をうかがうように千永を見上げると、いかにも不機嫌な表情で千永がじろりとにらんでくる。

「なんで俺がそんなトロガッパの面倒をみないといけないんだ」

「ト…トロ…っ？」

あまりの言われように、ナギは怒りのあまり絶句してしまう。

なんでこのクソ狼はそんないろんなバリエーションを考え出すんだっ。

「俺には妖祇の修行とかわからないから仕方がないだろう」

しかしそれにかまわず、葵がつらっとした顔で言い返した。

「トロガッパってなんだよっっ！」

ようやく真っ赤な顔で嚙みついたナギに、千永がふん、と鼻を鳴らす。

「脂《あぶら》がのっておいしそうだけど、ナギくんも早く千永にこんなことを言わせないくらいにならないとね」

「う……」

やんわりと言われ、……なにげに葵さんも辛口だ。

「い、いじめられる……」

きゅぅぅ…、と涙目になったナギの頭を、忍が横から撫でてくれた。

「ナギ、俺の剣道も修行みたいなものだ。がんばれよ」

「修行はともかく、千永にいじめられたら俺に言いつけていいからね」

葵の言葉に千永が不満げに喉《のど》の奥で低くうなる。

どうやらナギに拒否権はないようで、しゅん、と頭を垂《た》れた。

でも確かにやらなければいけないことで、ナギがここに来る条件として兄と約束したことでもあるから仕方がない。

もらった服を衣装ケースごと部屋に持って帰り、それを片づけていると、夕飯前に先に風呂にどうぞ、と勧められて、忍と一緒に入った。

大きめの檜《ひのき》風呂は一般家庭の内風呂としてはかなり大きく、二人で入っても十分に広かったが、やっぱり旅館の露天が気持ちよかったかなー、という気もする。でも忍と一緒に入れるのはうれしい。前は一緒に、というわけにはいかなかったから。

湯船に浸かって顎《あご》を縁に引っかけ、洗い場で頭を洗っている忍のカラダを眺めて、ちょっとドキドキする。たるみのないくっきりときれいな筋肉が張っていて、やっぱりかっこいい。特に肩から二の腕あたり。

この裸の腕の中に抱かれて、……その、した、こととか、思い出しただけでのぼせたみたいに真っ赤になってしまう。

とはいえ、実際のところ、あの時はもういっぱいいっぱいで、自分がどうなっていたのか、ろくに覚えていなかったのだが。ただもう、おかしくなるくらい気持ちがよくて、それがひどく恥ずかしくて。

あれからすぐに引っ越しが決まって、やっぱり少ないとはいえ、荷物の整理とか、学校への届け出とかいろいろと作業もあっていそがしく、まだ……その、抱き合ったのはあの時、一度だけだった。

寒いということもあって一緒に寝てはいたけど、ナギは布団の中ではずっとカッパ姿——多分、見た目は子犬姿——だった。

忍がその方がいい、と言ったのだ。布団も人間二人だと狭いから、と。ナギも恥ずかしかったし、やっぱり本体の方が楽なのでそうしていたのだが、さすがに忍もその見かけだと……、つまり、欲情、とかはしないようだ。

あのあと忍からも誘ってこないのは、やっぱり魅力が足りないのかなー…、とちょっと複雑な気持ちになってしまう。カッパの妖使《あやかし》は、本来、人に対してはフェロモンぷんぷんなはずなのに。いっぱいモテるはずなのに。

忍は、気持ちよくなかったんだろうか？　思ってたのと違っていたとか……？

そんなふうに思うと、ちょっとしょんぼりしてしまう。

やっぱり妖怪だし。いろいろと人間とは違うところはあるのだろう。

確かに、ナギが忍に対して「気持ちよく」してやることができたかどうかは、かなりあやしい。あの時も、ナギだけが夢中になって、一方的に気持ちよくしてもらっただけみたいで。

頭の中は真っ白で、どうしていいのかわからなかったし、考える余裕もなくて、本当に何もできなかったのだ。

……こんなふうに一緒に風呂に入るのはどうなのかな？

と、ちょっとナギは期待というか、様子をうかがっていたところはあった。

当然ナギは裸なわけで、忍も少しはその気になったり……しないのかな？ と。

だが忍の態度は特に変わらなかった。そう、友達と風呂に入るとか、飼い犬を風呂に入れるとか、そんな程度のさりげなさだ。

もっとも、初めて知良の家に来た当日なのだ。そういう行為に及ぶのは、さすがにためらわれる。礼儀のきっちりとした忍なら、なおさらだろう。

「忍はさ…、ここに来てよかったの？」

いささか落胆しながらも、横のシャワーで髪の石鹸《せっけん》を洗い流している忍を見つめ、ナギはそっと尋ねてみた。

「学校もすごく遠くなったし」

前は自転車で通学できていたのが、今は自転車と電車を乗り継いで片道一時間半もかかる。

朝もずいぶんと早くから出なくてはいけないようだ。朝練があれば、この真冬だと、まだあたりも暗いうちから。

一緒にいていいのかな……？ と思ってしまう。自分はうれしいけど、忍には迷惑をかけるばかりで、この間だって忍を危ない目に遭わせたみたいだし、また同じようなことがないとも限らない。

うん？　とシャワーを止め、頭の水気を切るみたいに二、三度ふってから、忍がナギに向き直った。

「ナギ？」

考えてみれば、忍は知良の血筋とはいえ、今までは関係なく暮らしてきたのだ。女将にこき使われることはあったにしても、命の危険があるようなことじゃなかっただろう。

あの時、川でナギを助けたりしなければ、ずっと平穏な人生を過ごせたかもしれない。

「俺といると…、なんかヘンなのがいっぱいまわりに集まってくるかもしれないし」

無意識に視線を落とし、こつん、と額を檜の縁にあてるようにして言ったナギの髪が、硬い指でそっと撫でられた。

「どうした？」

ちょっと笑うような、優しい声が頭の上で響く。

「家族と離れて淋《さび》しいのか？」

「そっ…そういうんじゃなくてっ」

確かに、それも少しはあるけど。

今まで兄たちをうっとうしいと思うことは多かったが、離れてみて今さらに守られていたんだな…、と感じる。

「忍はお父さんの家に来るのって…、大丈夫だった？」

あわてて顔を上げて聞き直す。

「兄弟が…、兄さんがいたっていうのは純粋にうれしいよ。父親については、正直、まだよくわからないが。ただ、俺のことをわかってて放っておいたわけでもないようだから、別に恨んでるわけじゃない。母さんをどう思っていたのかは聞きたいけどな」

淡々とそんなふうに言ってから、優しくナギを見つめてくる。

「だがこの血筋のおかげでナギの声が聞こえたんなら、父親には感謝しないとな」

「ほんと…？」

そんな言葉にじわっと胸の中が熱くなる。

「ああ。俺はナギと会う前から、ヘンなのはよく見えてたよ。だからアレが妖屍《あやかし》というものだとわかって、俺にも祓う力があるのなら、俺ももっと力をつけないといけないと思うよ。知識もな」

静かな、しかし力強い言葉。

「うん。俺もがんばるからっ。……千永はいけ好かないけどっ」

「厳しいのは厳しいだろうが、千永はいじめたりはしないと思うよ」

忍が苦笑する。

「そーかなー…」

すっごいしごかれそうな気がするけど。

かなり疑わしく、ナギは首をひねった。


そんな感じでナギの新しい生活はスタートした。

やはり忍は朝早くから学校に出かけ、帰ってくるのも遅くなる。

その間、ナギはいろいろと教えてもらいながら家事や神社の仕事を手伝っていた。そして、千永による修行と。

修行というのは、主に妖屍たちと対峙《たいじ》する時に相手を消滅させる、あるいは冥界《めいかい》に追い返すための精神統一のやり方のようなことだ。

まずは「力」をコントロールし、集中させる訓練。そして敵の攻撃をかわす瞬発力、さらには敵に気配を悟られないように、妖使《あやかし》としての気配を消し、人の中に違和感なくまぎれるやり方。そんなものを身につける。

千永はやっぱり偉そうで、意地悪で、容赦がなくて、毎日ナギは痣《あざ》だらけになっていた。

俺をぶん殴《なぐ》ってみろ。

せせら笑うように言われ、渾身《こんしん》の力でぶつかっていったナギだったが、あっさりとかわされ、逆に跳ね飛ばされたり、蹴られたり、壁や柱に思いきりぶつけられたり。

板張りの小さな神楽殿が衝撃でバラバラになってしまうんじゃないかと思うくらいだが、ナギたちが使っている間は千永が結界を張っているらしい。ナギの修行をやりながらも、そのくらい余裕があるということで、憎たらしいが、確かに「力」の大きさ、そしてコントロールという意味では、やはり千永の方がずっと上なのだろう。

ただ、持っている「力」自体は微妙に種類が違うようだった。

千永の力は、相手を消滅させるために放つ攻撃であり、ナギは水守《みずもり》——水門の守なので、本来は守ることが目的になる。ではあるが、もちろん攻撃が最大の防御になるわけで、守る力をうまくコントロールできれば、相手を倒すことができるのだ。

「だいたいおまえは今まで甘やかされ過ぎだったんだ。身体で痛みを覚えろ」

意地悪く、千永はそんなふうに言った。ぜぃぜぃ…と荒い息をつきながら薄暗い神楽殿の床に膝をついたナギを、上から偉そうに見下ろして。

「まず戦うのを恐がるのはやめるんだな。もっとも、おまえに恐がるなと言っても無理だろうが」

「別に恐がってなんかないだろっ！」

ムッとして言い返したナギに、千永があっさりと言い放つ。

「恐がってないんなら、もっとバカだ」

「な…なんだよっ、それっ!?」

理不尽な言葉にさらに腹が立つ。

それに千永は表情も変えないまま、ナギの前に立ちはだかって続けた。

「恐怖に向き合うことを覚えろと言ってるんだ。恐怖に呑《の》まれたら終わりだと思え」

ぴしゃりと言われて、ナギはちょっと息を呑んだ。

「……おまえも、恐いと思うことってあるのか？」

じっと千永を見上げ、うかがうみたいに尋ねてみる。

いつだって余裕と自信があって、簡単に妖屍たちを蹴散らしているようなのに。他の妖祇であろうと、人間だろうと。そして実際に強い。

「あたりまえだ。野生の獣なら、命の危険を感じれば警戒もするし、必要なら逃げもする」

淡々と言った千永が、ふっと口元に薄い笑みを浮かべた。

「だが飼い犬になったら、そうも言ってられないからな……」

自嘲《じちょう》、というのとは違う。何か…、静かな決意の見える眼差し。口調だった。

その言葉に、ナギはハッとした。

飼い犬——。

それは千永にとって……野生の狼にとっては、ひどく屈辱的な言葉のはずだ。誰かに飼い慣らされるようなことは。

――だが。

「ど…どうして……？」

「危険があろうがなかろうが、飼い犬というのは主を守るものだろうが」

思わず口にしたナギに、千永はさらりと返してきた。

それが千永の覚悟なのだろうか？　飼い犬に――葵さんの式祁になった千永の。

だが、そもそも――。

「どうしておまえ…、葵さんの式祁になったんだ？」

今さらにそんな疑問が頭に浮かぶ。

式祁になった、ということは、葵さんに調伏《ちょうぶく》されたわけだ。だが千永くらいの力があれば、誰かにたやすく調伏されるとは思えないのに。

実際、狼の妖祇が誰かの式祁になっているような話は聞いたことがなかった。プライドの高い狼はもともと人に近づかず、一族だけで暮らすものだ。

それこそ「危険」を感じてそれを避けることができるのなら、葵さんに近づかなければいいだけなのだ。

「そんなことはおまえには関係ない」

が、千永は不機嫌にバッサリと言い捨てると、淡々と続けた。

「自覚しろ。おまえは忍の式祁ではない。むしろ、おまえが忍を巻きこんでいるんだからな」

「わ、わかってるよっ、そんなことっ！」

痛いところを突かれて、ナギは反射的にわめき返す。

「今の時点で自分で扱える力の大きさを自分でわかっとけ。恐怖心に負けて、理性を飛ばすような無様なことになるなよ。おまえが妖屍《あやかし》に乗っ取られるようなことになれば、容赦なくおまえを殺すぞ」

凄《すご》むでもなく、ただ淡々と言われて、ゾクッ…とナギは背筋が凍るのがわかる。

「おまえみたいな中途半端な水守が鍵持ちだと、まわりが迷惑だ」

さらにぴしゃりと言われて、ナギはきつく唇を噛んだ。

鍵持ち。

どうやら自分は、そう呼ばれる存在らしい。……正直、ナギ自身にはあまり自覚はなかったのだが。

冥界と、この人の世をつなぐ扉を開く鍵。

つまり「人柱」として自分が妖屍たちにとりこまれると、バカでかい門が開いておそろしい数の妖屍が飛び出してきてしまう。

それだけに存在が知れたら狙われやすく、どうやら家族はそれがわかっていたからあまりナギを外へ出さなかったようだ。

ただその自分の能力をきちんとコントロールして扱うことができれば優秀な水守になれるはずで、本来、そうあるべきなのだ。

「ほら、さっさと立て、トロガッパ。体力もなさ過ぎだ」

「トロガッパって言うなっ、駄犬っっ！」

根性悪くせせら笑われ、カッ…と頭に血を上らせて、ナギはようやくギシギシと軋《きし》むみたいな身体を起こした。

「おまえが俺の顔にかすり傷の一つもつけられるようになったら、カッパ巻きと呼んでやる」

「なんでカッパ巻きなんだよっっ！」

身体が小さい分、敏捷性《びんしょうせい》ではナギの方が上だ。と思う。

叫ぶと同時に、ナギは猛然と真正面から千永にぶつかっていった。――ふりをして、寸前で本体にもどり、縮んだ身体で素早く千永の足の間をすり抜ける。

サッとふり返って無防備な千永の背中を見て、やった！　と思ったと同時に、ふっと風が頬にあたった気がした。次の瞬間、千永の裏拳が顔面に炸裂《さくれつ》する。

「つっ……た――っっっ！」

ものすごい勢いで吹っ飛ばされ、板張りの壁――だけだと突き抜けていただろう。実質的には千永の張ってあった結界だ――に背中がたたきつけられて、すさまじい衝撃にそのまま床へ身体が落ちた。

「甘いな、未熟者が。……今日はここまでにしとくぞ。そろそろ境内の掃除をしないと葵がうるさい」

憎たらしくそう言うと、千永は後ろも見ずにさっさと神楽殿から出て行った。

鼻が潰《つぶ》れたみたいにヒリヒリと痛い。

——自分だって尻に敷かれてるくせにっ！

涙目になりながら、へたっ…と床に張りついたまま、ナギは悔し紛れに心の中でわめくしかなかった。

毎日打ち身だらけで、やっぱり一方的にいじめられているような気がするそんな修行は日課の一つで、その他にはナギは葵や梅造の手伝いをしていた。

まずは掃除だ。広い母屋だけでなく、さらに広い神社の敷地を掃除したり、点在している小さな施設や摂社、末社を維持したりするのは、実際大変な作業に思えた。

梅造は亀の神使らしく、のんびりとした雰囲気だが家事の達人だった。目にも留まらぬ早業、というのではなく、気がつけばいつの間にか、必要な仕事を過不足なくこなしているのである。

これだけ部屋数のある母屋の掃除や朝晩の食事の支度だけでなく、社務所でのこまごまとした作業もやっている。そして、料理はかなりうまい。千永でさえ、文句の一つも言わずにいそいそと食べている。

ナギは掃除を手伝ったり、社務所でいろんな整理をしながら留守番をしたり、少しずつ置いてあるもの――売り物やら、配布する小冊子やら――を覚えたりしていた。たまに来るお客さんの対応などもやってみたり（これは無愛想で顔の恐い千永にはできない仕事らしく、ちょっと優越感を覚えたりする）。

忍が夜しかいないのは淋しかったが、葵さんはよく気にかけてくれるし、梅造はおやつを作ってくれるし、結名も一緒に作業をしながら神使の話をしてくれたりと、生活は悪くなかった。

まもなく高校は冬休みに入り、忍の部活は相変わらずのようだが、それでも授業がない分、登校する時間は遅くなり、帰ってくる時間も少し早くなる。

そしてこの年も残りあと五日という押し迫ったこの日、ナギは都内のある学校に葵たちと一緒に訪れていた。

忍の出る剣道の大会があるのだ。応援に行きたかったのだが、慣れない都会を――というより人界を――一人でうろうろするのは危険だからダメだと忍に言われてしょんぼりしていたところ、葵が自分も一度見たいから、と連れてきてくれた。

年末年始の準備で神社もいそがしい時期みたいなのに、やっぱり優しい人だな…、とほっこりする。……千永も一緒だったのはうっとうしかったが。

いつも葵にくっついているのはやはり式邪だからだろうが、「金魚のふんみたい」とぼそっというと、頭をぶん殴られた。暴力狼っ。

相変わらず千永は真っ黒けな服で——もちろん擬態だ——、ナギは葵にもらった服をきちんと身につけていた。長すぎて裾《すそ》を折り返した茶系統のジーンズに、ツートンカラーのセーターとウールのハーフコート。

葵さんも神社にいる時とは違って着物ではなく、アイボリーのパンツにグレイのシャツをざっくりと着ていた。それにブーツとロングコートを羽織っている。さりげない雰囲気でカッコイイ。

ナギたちがやって来たのは聖シルベストロ学院という、中高一貫のミッション系私立の学校だった。場所は別になるが、大学部や幼稚園もあるらしい。

緑豊かな広い敷地にクラシックな雰囲気の瀟洒《しょうしゃ》な学舎が立ち並び、美しいアーチの校門などものめずらしくて、ナギの目を惹《ひ》く。ふだんまわりを「和」で囲まれているので、なおさらだった。

こんなミッション系の学校で剣道の大会というのも不思議な気がするが、どうやら聖シルベストロ学院では東西文化の交流というのか、融合というか、西洋の文化、知識を伝えるとともに、日本の精神も学ぼうというのが創立者の考えだったらしく、武道の部活動には力を入れているようだった。

そのため、毎年この時期、「聖シルベストロ杯」というのを招待試合で開催しているのだと、ナギも忍から聞いていた。

応援のために学院内も開放されており、体育館のあたりには出場する選手やクラブの後輩たちらしい袴姿が多く目につく。他にも友人の応援だろうか、制服姿の男女や、家族らしい大人の姿もある。

「きょろきょろしてると迷子になるぞ」

「なんないよっ」

人が多くてあわあわしていると千永が意地悪くそんな声をかけてきて、ナギは反射的に噛みついた。

「もし迷子になっても学内だし、危険はないだろう。妙な気配もないしね」

ミッション系だからかな、と口にして、葵が自分で小さく笑う。

「妖屍《あやかし》がわざわざクリスチャンを避けてるわけでもないいんだろうけど」

確かに妖屍が誰かに取り憑《つ》くにしても襲うにしても、宗教や宗派を気にするとは思えないし、実際にないだろう。

何かあるとすれば、信仰にせよなんにせよ、心が強く信念がある人間のもとには妖屍も近づきにくい、ということだ。特に今日などは武道の大会が行われているわけで、一心に打ち込んでいる人間にはつけいる隙《すき》もない。

「悪魔とかもよってこないのかな…？」

ふっと思いついて、ナギはぼんやりとつぶやいた。

ミッション系といえば、やっぱり悪魔、という気がして。いや、まったく人間の世間一般と同じく、通俗的なイメージだが。

「悪魔は管轄外だなあ。もし出たら、エクソシストにでも頼むしかないね」

葵がくすくすと笑う。

「エクソシストって、……えーと、悪魔祓いの人だっけ……？」

ナギはちょっと首をかしげた。

いつか、テレビでそんな番組を見たような気がする。

「そうだね。キリスト教の御祓方みたいなものかな」

「天使とはどう役目が違うの？」

やはり同様に悪魔をやっつける立場だと思うのだが。

「エクソシストは人間だけど、天使はそもそも人間じゃないからね。天使は神使に近いんじゃないかな。といっても、役割も立場もずいぶん違うと思うけど。多分、梅造みたいに料理とか掃除はしてくれないと思うよ」

「それなら神使の方がいいなー」

そんなことを話していると、ふん、とバカにしたように数歩後ろで千永が鼻を鳴らす。

「妖怪が悪魔の心配か?」

「おまえだって化け狼のくせにっ」

そういえば、化け猫とはよく言うが、化け犬というのはあまり聞かない。

肩越しにふり返ってべーッと舌を出してやると、千永が無言で拳を固めた。

「ほら、ナギくん。体育館、こっちだよ」

葵が手招きしてくれて、ナギはあわてて葵の隣にぴったりとくっついた。

葵の隣なら安全だ。千永が物騒な目でにらんでくるが、手は出せない。

金持ちの私立らしく立派な体育館で、外観も一見、体育館というよりは芸術ホールのようでやはりおしゃれだ。

板張りのフロアを見下ろせるようにぐるりと観覧席が設《しつら》えられ、二面とられた競技場ですでに試合は始まっていた。

その年の優秀な選手だけが招かれる招待試合らしく、試合は個人戦のみだ。やはり招待校であるこの学院から多くの選手が出場しているのだろうが、歴史もあり、なかなか権威もある大会らしい。

観覧席は半分くらいの混み具合で、パンパン、パン…!　と小気味よく竹刀《しない》を打ち合う音が響き渡り、時折、「面ー!」「胴ー!」と張りのある高い声が空気を切り裂く。

ナギは葵と一緒にとりあえず手近なところに腰を下ろしたが、千永は応援の人混みにまぎれるのが嫌なのだろう、上の通路の出入り口あたりで立ったまま、相変わらず不機嫌そうに会場を見下ろしている。

葵が正面に張り出されていた大きなトーナメント表を眺め、ああ、もうすぐかな…、と小さくつぶやいた。

「あそこだね。今、二回戦みたいだ。忍くんはシードだったんだね」

と、葵が指で示した方に目をやると、奥の入り口からきっちりと一礼して入ってきた忍がフロアの隅に正座するところだった。紺色の剣道着と垂れを身につけている。

次の試合なのだろう。じっと真剣な眼差しで目の前の対戦を見つめていた。

あっと思って、ナギは思わず身を乗り出した。しかし奥のブロックだったので、ここからだとちょっと遠い。

「近くで見てきていい？」

ふり返って葵に許可をもらうと、ナギは移動する観客たちの間を縫って観覧席の後ろを大きくまわりこみ、階段を降りて忍のすぐ後ろのあたりまでパタパタと小走りに近づいた。

大きな拍手が湧《わ》いて、ちょうど目の前の試合が終わる。

「忍っ、忍っ」

手すりから身を乗り出すようにしてそっと呼び掛けると、面をつけようとしていた忍がふっとふり返った。

「ナギ。おまえ、まさか一人で来たのか?」

「葵さんと一緒だよ。連れてきてもらったんだ」

驚いたように聞かれて、あわててナギは答える。あっち、とふり返って来た方を指さすと、葵もこちらを見ていたようで手をふってくれる。忍がそれに軽く頭を下げた。

「がんばってっ」

ぐっと力をこめて応援したナギに、ああ、と忍が微笑んでうなずく。

「永倫館《えいりんかん》高校、里見《さとみ》忍くん」

呼び出しを受け、防具をつけた忍が竹刀を持って立ち上がる。白のタスキだった。一礼して入場し、対戦相手と向き合うと、竹刀を抜いて蹲踞《そんきょ》の体勢に入る。

その緊迫した空気に、ドキドキしながらナギはじっと忍を見つめていた。

と、その時だった。

ふいに強い視線を感じて、ナギはえっ? と後ろをふり返った。

妖屍《あやかし》がいるようなざわざわとした感覚ではないが、射るような強い視線だ。

——なんだ…?

あたりを見まわしてみるが、特にそれらしい気配もなく、首をひねる。こんなところで知り合いに会うようなことはないだろうし…、というか、そもそも人間の知り合いというのはまだほとんどいない。

「始め！」

　審判の声が耳に届き、あわてて正面に向き直った。

　場内では竹刀の先を軽く交え、おたがいにすり足で相手の呼吸を計っている。時折、相手の誘うような動きに、しかし忍の方は落ち着いた様子だった。

　息をつめるようにしてじっと見つめながらも、ふと気がつくと、やはりチリチリとした視線を首筋に感じて気が散ってしまう。

　もしかして千永か？　とそちらにガンを飛ばしてみるが、千永も遠目で――といっても視力はいいはずだ――じっと忍の試合を見ているようだし、葵も同じだ。

　しかもどうやら好意的な視線というわけではなく、殺気のようなものまで感じられる。

　なんなんだよ…？　と不気味に思っていると、いきなりダダンッ…、と床を踏みしめる音に、竹刀が激しくぶつかり合う音が重なり、凛《りん》とした忍の声が響き渡った。

　ハッと視線をもどすと、「胴あり、一本！」と審判が旗を揚げているところだった。

　決定的な場面を見逃して、うっ…、と思っていると、結局、そのまま一本勝ちで試合が終わってしまった。

　もっとちゃんと見たかったのに、と悔しく思うが、勝ち残ったわけだから、まだあとの試合もあるはずだ。

　忍が一礼して帰ってきて、防具を脱ぐと大きく首をふってから、ナギを捜すように見上げてくる。

ナギは手をたたきながら大きく身を乗り出した。

「おめでとっ！　――ねっ、お弁当、梅造に作ってもらったんだよっ。一緒に食べられる？」

ちょうど時刻も昼になるくらいだ。

「ああ。大丈夫だ」

「じゃ、俺、葵さんとこにいるねっ」

うなずいた忍にナギは弾んだ声で言うと、観覧席の斜向《はすむ》かいあたりにいた葵に大きく手をふった。

いったん上の通路まで上がってからもどろうとして、トイレにいっとこ、と思い出す。

トイレの表示がちょうど反対側にあって、ナギは先にそちらへと向き直った時だった。

「おい、おまえ」

「えっ？」

いきなり背中からかけられた声に、ナギは怪訝《けげん》にふり返る。

目の前に立っていたのは、中学か高校生くらいの男子だった。比較的小柄、とは言っても、ナギよりは背も高い。忍よりは年下だろう。稽古着《けいこぎ》に袴姿で、部活の先輩の応援に来ているのかもしれない。

ただその顔立ちに、ナギはちょっと目を瞬いた。

黒髪に茶色の瞳。目が大きく鼻筋も通っていて、どこか日本人離れした雰囲気だった。美形、というよりは可愛い…、カッコ可愛い、といった感じだろうか。

しかし、まっすぐにナギを見る眼差しは厳しい。ナギは見たことのない相手だった。

「な…なに……?」

ちょっとたじろぎながら聞き返して、あっと思いつく。

――ひょっとして、さっきの視線はコイツなのか…?

「おまえ…、わかってるよな?」

しかし彼はナギをじっとにらんだまま、そんなふうに言った。

アクセントも少し微妙な感じで、もしかすると日本人ではないのかもしれない。

……と言われても、ナギには何のことだかまったくわからなかった。

「一緒に来い」

「なんでだよ?」

硬い口調で命令するように言われたが、わけもわからず、さすがにムッとして言い返したナギに、彼は低く、ささやくように続けた。

「ここでおまえの正体を暴いてほしいのか?」

その言葉に、さすがにナギは大きく目を見張った。

――正体……って、まさか。

ドクッ…、と心臓が大きく打つ。

自分が妖使《あやかし》だということが、この男にはわかっているのだろうか？

もしそうなら、こいつも普通の人間ではないということだ。その可能性が高い。

妖祇《あやかし》――千永のように本体が何かの動物なのか、あるいは。

妖屍が、人をのっとっているのか。

ここで何かするつもりで、ナギが邪魔だ、ということだろうか――？

ゴクリ…、とナギは唾《つば》を呑みこんだ。

だがこの男からは、何かが憑いているような気配はまったく感じられない。ということは、それだけうまく隠しているということで、力が強い、ということを意味する。

一瞬、ナギは迷った。

葵や千永に知らせに行かないと、と思ったが、しかしヘタに動いてこんな場所でいきなり暴れ出されたら大変なことになる。

『おまえみたいな中途半端な水守が鍵持ちだと、まわりが迷惑だ』

ここしばらく千永にさんざん嫌みたらしく言われたことが頭をよぎる。こんなところで何か騒ぎになると、忍にも迷惑をかけるだろう。

やはり、自分で処理しないといけないことだ。できれば、忍に気づかれる前に。

修行もしているし、大丈夫。冬至も過ぎてるから、それほど大きな妖屍が出てくることはないはずだ――。

自分にそう言い聞かせて、ナギはそっと息を吸いこんだ。

もしこの男が何かの妖屍に憑かれているのなら、それを祓う。悪い妖祇が化けているのなら、調伏して力を奪う。

できるはずだ。きちんと処理して、千永にも少しは成長してるところを見せてやる――！

「こっちだ」

顎を振られ、ナギはぐっと拳を握りしめると、その男のあとについていった。

彼は奥の出入り口から体育館を出ると、慣れたふうに校舎と校舎の間の脇道を通り、出たところはどうやら教会――礼拝堂の前だった。

きれいな白い壁の建物で、窓には淡い冬の日差しを透かすステンドグラス。高い屋根の上には十字架が見える。庭先には季節ごとの花も咲かせているのだろう、今は椿《つばき》が小さな花をつけていた。横には小さな池もある。

季節のよい学期中なら生徒たちのランチ場所にもなりそうだが、さすがに冬場では寒そうで、あたりには人の気配もない。そもそも今は冬休み中で、心を落ち着けたい生徒がお祈りに来るようなこともないのだろう。

体育館の竹刀がぶつかる激しい音や、打ち込みの気合いの入った高い声が、それでもかすかに聞こえてくる。

「このあたりならいいだろう。邪魔が入らない」

数歩前を行っていた男が礼拝堂の扉の前で立ち止まり、くるりとふり返った。

ナギも足を止めて、ぐっと腹に力をこめ、相手をにらみ返す。

「おまえは何者だ？」

彼がナギの前に立ちはだかったまま、いきなり尋ねてきた。

自分がこんなところまで連れてきたくせに、ずいぶんと乱暴な言い方だった。ムッとしてナギが聞き返す。

「おまえこそ、誰だよっ？」

「俺はリノ・カルファーナ。兄が神父としてこの学院に赴任している」

高らかに名乗りを上げたかと思うと、彼——リノが着物の前をぐっと開き、首から提げていた十字架を突き出してみせた。

着物で十字架というのはめずらしい組み合わせのような気がするが、まあ、この学院ならそういうこともあるのだろう。

リノ・カルファーナ——という名前からすると、やはり日本人ではないようなのに。

「日本語…、うまいんだな」

思わずそんなことをつぶやいたナギに、リノがちょっとうわずった声で答えた。

「か、母さんが日本人なんだよっ」

なるほど、ハーフというやつか。──とナギも納得する。

ナギたちにとってハーフといえば、人間と妖祇とのハーフとかいうことになるのだが。

「そんなことはどうでもいいっ！　正体を現せっ、悪魔めっ！」

──悪魔？

「へっ？」

いきなり決めつけられて、ナギはきょとんとしてしまった。

「悪魔って……、悪魔？　俺、悪魔じゃないよ？」

妖怪ではあるにせよ。

怒気を削がれ、ちょっとたじろぎながらなんとか言い返す。

「嘘をつけっ！　間違いなく、おまえの中には悪魔がいる…！　人間とはまったく違う波動だからなっ」

たたきつけるように言われて、ナギはさすがに口ごもった。

何をどう答えればいいのかわからない。

それは確かに、人間とは違う波動なのかもしれないし……そもそも人間ではないのだし。

でも妖怪と悪魔とは違うもののはずだ。……多分。

しかしいずれにしても、リノにはそれがわかるだけの力はあるということだ。

……ていうか、やっぱりこいつ、妖祇なのか？

どうも妙な感じで、ナギは首をかしげた。外国の妖祇？　など会ったこともない。それとも、妖屍《あやかし》に取り憑かれているのだろうか？　まあ、妖屍が外国人に取り憑いていたとしてもおかしくはないが。

「甘く見るなよっ！　俺の兄さんは公式のエクソシストだ！　俺もずっと兄さんについて修行をしているっ。おまえの正体などすぐにわかったぞっ！」

「エクソシスト…？」

険しく叫ぶ声に、ナギはぼんやりとつぶやいた。

だったら葵も言っていたように、西洋の御祓方というところだ。争わなければならない理由などないはずなのに。

「えーと…」

「姿を見せろ！　名を名乗れっ、悪魔めっ！」

とまどったままだったナギにぐっと大きく一歩、近づいてきたリノが、いきなり懐から取り出した小さな瓶の蓋《ふた》をとり、バッ、と中身をナギの顔めがけて振りかけてきた。

「うわっ…！　なっ、何するんだよっっ！」

びしゃっ、と水のようなものが頭から浴びせられ、ナギは思わず飛び退《の》いた。

「聖水だ！　苦しいだろうっ」

……別に苦しくはない。冷たいだけだ。

「さあ、正体を現せっ！　おまえは誰だっ！？」

頭をふって水を払っているナギにつかみかかるようにして、リノが胸の十字架をナギの頬に押しつけてくる。

「ナギだよっ！　離せってばっ！」

十字架の先端が頬に食いこむようで、ひどく痛い。リノに襟首をつかまれ、ナギはバタバタと暴れた。

「おまえの中の悪魔の名前だっ！　隠れても無駄だぞっ！」

「だから悪魔なんかいないって言っているだろっ！」

「おまえがトロくて気づいてないだけだっ！」

「なっ…なんでおまえにまでそんなこと言われなきゃいけないんだよっ！」

もみ合いになり、ナギはリノを突き放そうと無意識に身体の奥に力をため、ぶわっ、と一気に解き放った。

「うわあぁ……っ！」

瞬間、リノの身体が弾かれるように吹っ飛び、背中から地面にたたきつけられる。

「いきなりなんなんだよっ、おまえっ！」

肩で息をつきながら、ナギはリノをにらみつけた。

「おまえ…、やっぱり……」

地面で上体を起こしたリノが、いくぶん引きつった顔でナギを見上げてくる。

と、その時だった。

ギッ…、とかすかに軋むような音がし、礼拝堂の扉がゆっくりと開いた。

「リノ？　騒がしいよ。何をしているんだ？」

落ち着いた低い声。

出てきたのは体格のいい長身の男だった。三十前、葵より少し年上くらいだろうか。

彫りの深い、シャープな顔立ちだった。きれいに撫でつけた黒髪で、――青い瞳。神父なのだろう。立襟の黒い長い服を身につけている。そして胸に下がった銀の十字架《クルス》。

「に…兄さんっ」

ハッとしたようにリノが声を上げた。

「こいつ…、この男には悪魔が憑いているんです！　すごいバカ力で…っ、やっぱり人間じゃないよっ！」

「悪魔？」

緊迫したそんな言葉に、男がふっと、ナギに向き直った。

鋭い眼差しが身体の奥まで突き抜けてくる。瞬間、ゾクッ、と背筋が凍りついた。

明らかにリノとは違う重圧を感じ、思わず息をつめる。

――なんだ……こいつ……？

体中がざわざわとして、とっさに逃げ出したくなる。

それでもナギは踏ん張った。別に悪いことをしたわけじゃない。逃げ出す必要なんかない。

そんな意地にも似た思いで。

「なんだよ…っ、悪魔なんかじゃないって言ってるだろっ！」

精いっぱい腹に力をこめて叫ぶ。

じっと男がナギの目を見つめてくる。ナギも負けないようににらみ返した。

「確かに…、ただの人間ではないようだな」

長い指で唇を撫で、男が低くつぶやく。

「兄さんっ、エクソシズムをっ！」

リノがようやく立ち上がって声を上げる。

「ともかく調べてみよう。君、中へ入りなさい」

大きく礼拝堂の扉を開いてうながされ、ナギは反射的に言い返した。

「やだよっ！　なんで行かなきゃいけないんだよっ。俺、もう帰るからっ！　葵たちも待ってるしっ」

「待てっ！　逃げる気か、おまえ！」

彼らに背中を向けてさっさと行こうとしたナギの肩が、走ってきたリノにつかまれる。

「離せよっ！」

振り払うと同時に、無意識に力が出たようだ。カッ、と身体の奥が熱くなり、次の瞬間、リノが再び兄の足下に吹っ飛ばされる。

「くそ…っ。――兄さん！」

それでも起き上がって、悔しげに拳を握った。

「……なるほど。人の力ではないな。こんな得体の知れないものを学院内にうろつかせておくわけにはいかないようだ」

スッ…、と男が目を細めてナギを見つめてくる。

ナギも思わず身構えた。

相手は人間だ。さすがに力を全開にするわけにはいかない。

どうしよう、と迷った時だった。

「――ナギ！」

ふいに背中から聞き慣れた声が耳に届き、ハッとナギはふり返る。

防具を外し、剣道着に袴姿の忍が建物の陰からあたりを見まわしながら姿を見せた。どうやら捜しに来てくれたらしい。

「そこにいるのか？」

「し…忍…っ」

「何をしてるんだ？　こんなところで」

ナギを見つけ、大股《おおまた》に近づいてくると、怪訝そうに向き合っている二人を眺めた。

その姿に、ナギは緊張の糸が切れたみたいに、ホッと息をつく。

「あなたは……、里見忍…！　どうしてっ?」

驚いたように忍を見つめたリノに、なんでこいつが忍を知ってるんだ?　と思ったが、考えてみれば剣道の稽古着を着ているということは部員なのだろう。おそらくは、この聖シルベストロ学院の。

「君は…、進行を手伝っていた……」

忍の方も顔に覚えはあるようだ。

「あなたは悪魔の力を借りてそんなに強くなったのですかっ!?」

目を見開いて思わずといったように声を張り上げたリノに、忍がとまどったように首をかしげる。

「悪魔?」

口の中でくり返して、何か尋ねるようにナギに視線を向けてくる。

「こいつら…っ、俺を悪魔だって……!」

なんだろう。悔しいのと悲しいので、ナギはぶるぶると身体が震えてきた。

悪魔。つまり、魔物だ、と。

「ナギ」

必死に泣くのをこらえていたナギに腕を伸ばし、忍がいっぱいに抱きしめてくれる。そしてしっかりと力をこめたまま、彼らに向き直った。

「何か勘違いがあるようだ。ナギは悪魔ではないし、この子に関しては俺が責任を持つ」

「ならば、それを証明してもらいたい。先ほどこの子の見せた力は、どう考えても普通の子供が持つものとは思えないが?」

神父が厳しく忍を見つめたまま、冷ややかに質《ただ》した。

「それは……」

さすがに忍が口ごもった。

それはそうだろう。確かに普通の子供ではなく、どう説明しようもない。

普通の人間に――しかも外国人に、妖祇《あやかし》のことを説明してわかってもらえるのかどうかもあやしい。

「幻滅しました…。あなたのことは尊敬していたんですよ、里見さんっ。なのに…、悪魔に力を借りるなんて…っ」

リノが悔しそうに唇を噛む。

その表情を見ると、確かに剣道の先輩としてだろうか、忍に憧《あこが》れていたようだが、……しかし、いろいろと間違っている。

「それは誤解だ。ナギの力は普通ではないかもしれないが、それは悪魔とは関係ない」

きっぱりと断言した忍に、しばらくじっと手をかざすようにしていた男が静かに口を開いた。

「確かに君は人間のようだな。とても強いオーラを持っているらしい。しかし、そのナギという子は明らかに質が違う。その子に悪魔が憑いているのなら、きちんと祓った方がその子のためだ。さあ、引き渡してもらおうか」

「そういうことじゃないんです」

まっすぐに男を見つめ返し、じりっと忍がナギを背中にかばうように前に立ちながら言った。

「すべてわかった上でということであれば、やはり君も悪魔に魂を売った輩《やから》だと判断するしかないが？」

神父がわずかに目をすがめる。

「たとえ悪魔に魂を売ったとしても、ナギを渡すことはできません」

静かに、強く答えた忍の言葉に、ナギは小さく息を呑む。無意識にぎゅっと、指先が忍の腕をつかむ。

胸の中が熱くなった。

「忍……」

視線は正面に見据えたまま、大丈夫だ、というように、忍の手が強く握り返してくれる。

「なるほど…。では、その曇った目を覚まさせてやることが私の務めというわけだ」

淡々と口を開いた神父が目の前で厳《おごそ》かに十字を切る。

そして身体の正面で指を組んだかと思うと、次の瞬間、握られていた十字架がスッ…、と長く、大きく引き伸ばされた。――ように見えた。

ちょうど十字の柄を持つ長剣のように。

「正体を現せっ、魔性の者よ…！」

あっと思う間に大きく踏みこんできた男の腕が、目の前で大きく振るわれる。

肌を刺すほどの強烈な冷気。全身に散るような痛み。今まで感じたことのない、鋭い力だ。

男の握る剣が青白い炎を放つ。

一気に目の前に迫った男の姿にナギは大きく目を見開いた。

「ナギ…！」

立ちすくんだナギを正面から包みこむようにして、忍が全身でナギの身体をかばう。

男の剣が忍の背中を貫いた――瞬間、すさまじい力に押され、二人の身体が一緒に吹き飛ばされた。

「つっ…、――うわぁぁ……っ！」

つかんでいた忍の腕が引き剝《は》がされ、そのままナギの身体は後ろの池にたたき落とされる。

かなりの衝撃だった。

ごぼっと水に顔が浸かる。それほど深くはなく、底の方は泥で濁っていて、必死についた手足が埋もれてしまう。それでもナギはよろよろと膝を立てると、ようやく顔を上げて濡《ぬ》れた袖で泥を拭《ぬぐ》った。もっとも服も泥だらけで、どれだけ落ちたかはわからない。

「し…忍…っ！」

すぐに思い出して、あわててあたりを見まわすと、少し横に飛ばされていた忍が花壇の前で肩を押さえて膝をついていた。

どうやら、花壇の枠石に肩を強打したようだ。

ナギは水をかき、必死に這《は》うようにして池から上がると、忍の側に急ぐ。

「忍…っ、だ…大丈夫…っ？」

泣きそうになりながらようやく尋ねる。

「ああ…、たいしたことはない」

忍がそっと息を吐いて、かすかに笑ってみせた。

「おまえ…、大丈夫か？」

そして優しく聞きながら、忍の手が泥だらけのナギの頬を撫でる。

ナギは、うんうんっ、と何度もうなずいた。

「し…、忍……切られた……？」

間違いなく剣が背中を貫いた——と思ったが、血が出ているわけでもなく、忍の背中を始め、身体のどこにも刃でできた傷はないようだ。

実体……じゃない……？

彼らの言う「悪魔」だけを傷つけるものなのか。あるいは、脅し——牽制《けんせい》だったのか。

だが男が忍《しのぶ》を傷つけたことには変わりない。肩の打ち身はひどく、そっとナギが手のひらで触れてもかなり熱を持っている。この分ではすぐに腫《は》れ上がってくるだろう。

ナギは小刻みに震えながら、キッ…と男に向き直った。

「おまえ…っ」

仁王立ちになり、両方の拳《こぶし》を握りしめて、無意識に体中の力を一点に集める。全身が熱くなる。ボコ…ッ、と後ろの池が沸騰するみたいな音を立てた。

「許さないからなっ！」

涙をにじませて声を上げ、きつくにらみつけたナギに、男が薄く微笑《ほほえ》む。

「ようやく本性を見せたようだな…」

低くつぶやきながら、手にしていた十字架《クルス》を握り直す。

「来てみろ。神の御名において地獄に送り返してやろう…！」

青白い炎が揺れるような剣。

もし、アレに刺されたら死ぬんだろうか？　消滅してしまうのか？　人間じゃない自分は。

ちらっとそんな考えが頭をよぎる。

だが今は、そんな恐怖よりも怒りが体中を支配していた。

「やってみろよっ！　やれるもんならな…っ！」

腹の底から吐き出した瞬間、ザバッ…！　と背中の池で大きな水柱が立ち上がる。

「な…っ、なんだ……っ？」

リノが顔を引きつらせ、わずかにあとずさった。

「ほう…？　水を操る悪魔とはめずらしい」

男が何か考えるように眉《まゆ》をよせながら小さくつぶやく。

「知るか！」

それに一声吠えると、ナギは右手を頭上に高く掲げる。それにつれて、背中の水柱がさらに高く吹き上がり、大きく波打つ。

「ナギ！　ダメだっ！　俺の声が聞こえるかっ？」

必死に叫ぶような忍の声が激しい水音の向こうからかすかに届いた。が、意識がそちらに行かない。

「ナギ！」

「──うわ…っ！」

いきなり耳元で大きく聞こえたかと思うと、次の瞬間、ナギは一気に身体のバランスを崩していた。落ちるように背中から忍の腕に倒れこむ。

忍が片腕をナギの腰にまわすようにして、力いっぱい抱きよせたのだ。

「ナギ、やめるんだ」

いくぶん荒い息遣いでいさめるように言われ、ナギはバッと肩越しにふり返った。

「だっ……て……こいつ…っ！　忍にケガさせたんだよっ！」

体中から噴き出すみたいに、ナギは叫んだ。

「俺は大丈夫だから」

「でもっ！」

言い聞かせるような言葉に、ナギは食い下がる。悔しさが身体いっぱいに膨れ上がって、爆発しそうだった。

結局、自分のせいなのだ。忍は自分の巻き添えになったのだ、と思うと、怒りをどこへぶつけていいのかわからない。

たまらなくなって、再び、ぶわっ…、と水柱が立ち始める。

と、その時だ。

「何をやってるっ、バカガッパ！　まったく世話の焼ける…！」

険しい声が緊迫した空気を突き破るように響き渡った。

あっと思った時には、千永《ゆきなが》の引き締まった身体が空からふってくるようにナギの前に飛びこんできた。ナギと、神父たちの間に割って入るように。

ナギの使った「力」を感じたのだろう。

「どけよっ！　おまえには関係ないだろっ！」

「おまえがうかつに力を使うと面倒だと言ってるだろうがっ！」

噛《か》みついたナギに、千永がたたき伏せるように言い返してくる。

ぐっ…、とナギは押し黙った。

千永が肩で大きく息を吐き、ちらっと確認するみたいに忍に視線をやってから、おもむろにふり返る。

神父たち二人の方を。

「なんだ、こいつらは？」

無遠慮に顎《あご》で指して尋ねた。

「知らないよっ！　なんか、勝手に悪魔だとか言って襲ってきてっ」

「悪魔？」

わめいたナギに、千永も意味がわからないように眉をよせる。

と、神父が口を開いた。

「ほう…、なるほど。悪魔憑《つ》きの仲間がいたようだな。とても人間のものとは思えない異様な波動だ。しかもずいぶんと大きい……」

そんな言葉に、じろり、と千永がいかにもめんどくさげな眼差しで男を眺める。

「なんだ、このコスプレ野郎は？」

「なんだと…っ！　おまえ…、無礼なことを言うなっ！」

リノが真っ赤になってわめいた。

……多分、コスプレじゃないよな。

とはナギも思ったが、正直、どうでもいいことだ。なんにしても、こいつらのしたことは変わりがない。

「悪魔どもが…。私の膝元《ひざもと》でとはずいぶんと大胆な真似《まね》をしてくれる。とても見過ごすわけにはいかないようだな」

「頭のおかしな神父か？　まあ、見過ごした方が身のためだと思うがな」

それにふん、と鼻を鳴らし、いかにも侮《あなど》るように千永が返す。

いつもは腹の立つ千永の言い方だが、今ばかりはちょっと小気味いい。

「悪魔が兄さんに敵《かな》うと思っているのかっ？」

「リノ、下がっていなさい。少々、大がかりなことになりそうだ。しかし他に仲間を呼びこむ前に、ここで片をつけておかなければな」

挑発にも乗らず静かに言った神父が、ゆっくりと十字架を握り直した。

「相手をするのはかまわないが、どこまでやっていいんだろうな？　息の根を止めてよければ簡単だが」

「ほざけ…！」

傲然《ごうぜん》と薄く笑った千永に、神父が大きく十字架を前に振り出す。

青白い光がつむじ風のように巻き上がり、それが同時に千永の放った力とぶつかり合って空中へ吸いこまれる。

一瞬、そのスポットが真空になったように身体が引っ張られる感覚が襲い、ナギはとっさに身を沈めた。忍の腕がそのナギの身体を抱きこむ。

「どうやら本気で死にたいようだな……!」

「地獄に行くのはおまえだ……!」

千永のいらだった声と神父の気迫のこもった声が重なる。

そして再び双方の力が放たれた——次の瞬間だった。

「ほら、こっち! 教会があるみたいよ」

「入れるのかな?」

「人の声がしてるし。大丈夫じゃない?」

にぎやかな女の子たちの声が遠くから近づいてくるのがわかる。応援に来た他校の生徒だろうか。

「まずい……!」

顔色を変え、叫んだのは神父だった。

すでに二人の解き放たれた力がすさまじい勢いでぶつかり合う寸前だ。今度は上にではなく、直接的な攻撃だっただけに横に広がる波形が見える。うっかりすると巻きこまれかねない。

だがその時、リン…！　と涼やかな鈴の音が聞こえた。

ほんのかすかなその音が、空を切るような鋭さで確かに耳を打つ。

瞬間、ピシッ、と空気が鳴ったようだった。ふっ…、と世界から音が消え、そのまま風も止まる。

知らず息をつめた次の瞬間、絡み合った力が何か見えない壁にぶつかったように四方から弾き返され、中心の一点でぶつかり合うと、ドン…！　と地面に落ちた。

千永も神父も、とっさにそれを避けて飛び退《すさ》る。地面が激しく揺さぶられるような感覚で、ナギもなんとか足を踏ん張った。

「千永っ、おまえまで何をしている！」

ついで凛《りん》とした声が響き渡り、ピタリ、と千永が動きを止めた。

葵《あおい》の声だ。

ハッとナギがふり返ると、遅れて姿を見せた葵が眉をよせて千永をにらんでいた。

千永が渋い顔でチッ…、と舌を打つ。ふてくされたような、イタズラが見つかった子供みたいな表情だ。

「売られたケンカを買っただけだ」

「俺に無断で買うな」

憮然《ぶぜん》と返した千永に、葵が問答無用でぴしゃりと言い渡す。

どうやら、葵がこのあたり一帯に結界を張ったようだ。

「ナギくんはいたのか？　おまえ、誰を相手に――」

そして近づいてきた葵が、ようやく千永とやり合っていた相手に気づいて目を瞬かせた。

「……失礼しました、神父様。うちの者が何か不作法をいたしましたか？」

丁寧な口調で、きれいな微笑《ほほえ》みで。

静かに、いかにもさりげない様子で向き合って、しかしピンと張った緊張感に肌がピリピリする。

葵と神父と、それぞれに探り合っているような気配――。

おたがい相手がただ者ではないとわかっているのだろう。

「何者だ？　おまえにはこの悪魔の正体がわかっているようだな…。それとも、おまえが首魁《しゅかい》というわけか？　日本に来て、すぐにこれほど悪魔憑きと遭遇するとは思ってもみなかったが。この国は想像以上に悪魔が巣くっているとみえる」

わずかに乱れた前髪を撫《な》で上げ、いかにもなため息をついて言った神父に、葵がわずかに首をかしげた。

「悪魔憑き？　なるほど、神父様はエクソシストでいらっしゃるんですね」

朗らかな口調と、対照的な冷ややかな眼差し。

「エクソシスト……」

忍がハッとしたように小さくつぶやく。そして長い息を吐いた。

「そうか…、じゃあやっぱり勘違いだな」

小さく笑ってそう言った言葉に、ナギは今までこらえていたものが一気に溢《あふ》れ出した。

「ご…ごめん…っ、忍……俺のせいで……ケガして……っ」

「おまえがあやまることじゃないだろう?」

思わず忍の胸にしがみつき、ひくっとしゃくり上げたナギの背中が優しくたたかれる。

「忍くん、ケガをしたの?」

ふり返った葵が眉をよせて尋ね、忍が急いで首をふった。

「いえ、大丈夫です。たいしたことは」

「あやまれよっ、バカっ!」

「バカとはなんだっ!」

たまらず二人をにらみつけて叫んだナギに、リノが言い返してくる。

「低次元なケンカをしてるなっ、ガキどもがっ」

千永がいらだたしそうに吐き出す。

「何か誤解があったようですね、神父様」

葵がゆっくりと神父に向き直って口を開いた。

「誤解だと?」

神父が鋭く目を細める。

と、そこに軽やかな女の子の声が聞こえてきた。

『……あれ？　声がしたと思ったのに、誰もいないね』

校舎の角を曲がって姿を現したのは、制服姿の女子高生だ。三人連れ。

『あ、ドア、開いてるよ？　入っていいのかな』

『えー？　大丈夫？』

『ちょっと見るだけっ。ステンドグラス、きれいだよ』

何かガラス一枚を挟んだ家の外から聞こえてくるようにその声が耳に届き、彼女たちは他の人間の存在がまったく目に入っていないように――実際に見えていないのだろう――礼拝堂をのぞきこんで、中へと消えていく。

「おまえの仕業か？　おかしな術を使う…」

それを見送ってからいぶかしげな目で葵を眺め、神父が低くつぶやいた。リノもあっけにとられたように少女たちの後ろ姿を見つめている。

「いわばご同業ですからね」

微笑んだ葵に、神父がいかにも嫌悪をにじませて眉をよせた。

「祓《はら》い屋か…、呪《まじな》い師のような？」

「兄さんはそんな偽物とは違うぞっ」

憤然と声を上げたリノに、葵が小さく肩をすくめてみせる。

「そういえば、キリスト教では他宗教のお祓いを認めていませんでしたね。迷信に過ぎないと断じているようですが」

「能力と知識と、体系的な訓練が必要なことだからな。そもそもまともな祓い師が悪魔どもを手先に使っているはずはあるまい？」

いかにもな調子で神父が指摘し、そして厳しく尋ねてくる。油断なく、十字架を握ったまま。

「おまえはサタニストか？　この悪魔どもを自由に操っているようだが…、人の身でそのような能力があるとは」

「まさか」

葵は鼻を鳴らして一蹴《いっしゅう》した。

「サタニストの定義はともかく、悪魔とは縁のない生活ですよ。私は神職に就いています。身分としては学生ですが」

「神職……？　神道の者か。なるほど、ある意味、同業のようだ。名を聞いておこうか？」

「人に名を尋ねるのであれば、先に名乗られるのが筋では？」

ぴしゃりと返した葵に、神父がわずかに顎《あご》を引いていくぶん皮肉な調子で言った。

「これは失礼した。私はミハエル・カルファーナ。この学院で講師をしている」

「なるほど、大天使ですか。悪魔軍と戦う天軍総帥《そうすい》というわけですね」

薄く笑って、葵が続けた。

「知良《ちいら》葵と申します。御知花《みちか》神社で禰宜《ねぎ》をしている者です」

「それが本当であれば、日本の神社では悪魔を手懐《てなず》けているとみなさなければならないが？　評議会に報告し、審議の上、正式に我らの敵とみなす。戦いになれば、数多くのエクソシストが派遣されるだろう」

断罪するように厳しく言った男の——ミハエルの言葉に、ナギは思わず身をすくめた。横で忍が小さく息を吸いこんだのがわかる。

よくわからないままに、なんだかどんどんと事態が大きくなっているような気がした。

悪魔。彼らにとっては、やはり妖祇《あやかし》も悪魔なのだろうか……？

「待ってください…！　根本的なところで話が食い違っているだけでしょう！」

思わずと言ったように忍が声を上げる。さらに葵が辛辣《しんらつ》な口調で返した。

「あなたの無知をさらけ出すだけにならないとよろしいのですが。魔女狩りの悪夢を現代によみがえらせるおつもりですか？　この国にはこの国の理《ことわり》があり、あなたのお国の常識では測れないことも多いと学ばれるべきだと思いますよ。神父様はまだ来日して日が浅いようですけどね」

その言葉に、ミハエルがわずかに顔をしかめた。そしてうかがうように葵を眺める。

「おまえは……そもそも人間なのか？　悪魔とも違うが…、不思議な波動だな」

「人間ですよ。私も…、そこのあなたがケガをさせた忍もね。どうやら、神父様は悪魔を退治するためならばいくら無関係な人間に被害が出てもかまわないというラジカルな思想をお持ちのようですね」

「到底、無関係とは見えないが？」

いかにも皮肉な口調で指摘した葵に、ミハエルが顔色一つ変えず、冷淡に言ってのけた。

「悪魔と戦うのは私の使命だ」

そしてきっぱりと宣言する。

「その悪魔かどうかもまともに見極められないヤツが偉そうにほざくな。エクソシストというのはそんなに能なしなのか？」

千永があざけるように言う。

まったくだ。もっと言ってやれっ！

と、ナギはめずらしく千永に心の中で声援を送ったが、葵がそれをぴしゃりと叱《しか》りつけた。

「千永、黙っていろ。おまえが混乱させているんだ」

怒られて、むっつりと千永が黙りこむ。ヘタレ狼《おおかみ》めっ。

「……どうやらおまえの中の悪魔を倒せば話は早いということのようだな？　おまえがすべてを操っているようだ」

神父がそっと唇をなめ、胸の十字架を握り直す。

「ずいぶんと血の気の多い神父様ですね…」

静かに返した葵の背中で、ゴゴゴ…ッ、と何かが渦を巻いている気がする。

——こ、こわ……っ！

無意識にぶるっとナギは身震いした。

もしかすると葵も、実はかなりケンカ上等な性格なのかもしれない。ふだんは理性で抑えているだけで。

つまり、怒らせたら果てしなく恐い、ということだ。

「そこの者どもに魔性の力が宿っていることは否定できまい？　そしておまえがそれらを従えている」

「ナギも千永も、別に魔物に憑かれているわけではありませんよ。私が思い通りに動かせるというわけでもない。彼らには彼らの意思も感情もありますからね」

高らかに断じたミハエルに、淡々と葵は返した。それに横から千永が口を挟む。

「俺はおまえの命令には絶対服従しているつもりだが？　ご主人様」

にやにやと、いかにもな口調。

「混ぜっ返すな、バカ狼が。どの口がそんな寝言をほざいているんだ。おまえの躾《しつけ》に俺がどれだけ苦労していると思っている。大飯食らいなだけでろくな接客もできない役立たずが」

「……そこまで言うか？」

激した口調でもなく淡々と罵倒《ばとう》され、千永が喉《のど》の奥でうなった。

……多分、こんな場面でつまらない冗談を言った千永が悪い。

「千永、おまえ、もとの姿にもどって見せてやれ。――ナギくんもね」

葵がじろりと千永をにらみ、そして落ち着いた視線をナギに向けてくる。

「ここで……いいの……？」

ちょっととまどって尋ねたナギに、葵がうなずく。

「結界の中だからね。どうやら神父様には実際に見てもらうしかないようだ」

ナギはちらっと忍の顔を見上げて確認してから、ふっ…と身体の力を抜いた。

目を閉じて息を吐き、小さくうずくまるようにしてもとのカッパの姿にもどる。……といっても、見た目はただの子犬だが。

実のところ、服が水を吸って重く、泥だらけで気持ちが悪かったからちょっとありがたい。

小さな身体の上に重なるようにして、中身をなくした服が結構重く落ちてくる。

「ナギ」

身体をふるって必死にそれを払っていると、すくい上げるようにして忍が腕の中に抱き上げてくれた。

優しく頭を撫でられて、やっぱり忍の手は気持ちがいい。ぴちぴちと短いしっぽが揺れる。

すーっと清涼な空気が身体の中に入ってくるようで、気持ちが落ち着いてくる。

「なんだ……？　これは……！」

「まさか、そんな……！」

さすがに驚き、動揺したらしい兄弟の声が聞こえてきて、ちょっといい気味だ、と思ったが、どうやらナギを見て、というわけではなく、明らかに千永の変化におののいているらしい。

二人の視線は、ナギたちの前で大きな黒い獣に姿を変えた千永に釘付けになっていた。

千永が前足で地面を蹴り、いかにも飛びかかろうとする様子で脅すように低く吠える。

「兄さん……！」

リノが喉の奥で悲鳴のような声を上げ、兄の腕に取りすがる。ミハエルもさすがに顔色をなくしていた。

本体である千永の大きさ。獰猛《どうもう》さ。猛々しい身体に秘められた力の量。質。瞬発力。

それらを推し量ることは容易だろうし、彼らにとっては禍々《まがまが》しい存在にしか見えないかもしれない。

「千永、やめないか」

だが葵に横から耳を引っ張られ、千永は肩をすくめるみたいに、ぶるん、と身体を震わせる。

「葵さん」

忍がナギを片腕に抱いたまま、ゆっくりと葵に近づいた。

それでようやく、二人はナギの姿も変わっていることに気づいたようだ。大きく目を見張っ

てナギを見つめる。

「その小汚い犬が…、さっきのヤツなのか……?」

リノが目を見開き、呆然《ぼうぜん》とつぶやいた。

『小汚いはよけいだっ!』

思わずナギはわめく。彼らに言葉が伝わっているかどうかはあやしかったが。

いや、犬というところから間違っているのだが、カッパを説明するとなると、さらにややこしいことになりそうだ。

『今は十分、小汚いがな。ドロガッパ』

しかし軽く頭をふった千永がちろりとナギを横目にして、意地悪く言う。

うっ…、とナギは言葉につまった。

確かに今の姿は、もともと短い毛が水に濡れてちんまりと貧相な身体になっている上に、乾き始めた泥が毛に張りついて汚れてしまっている。

『ヒドイ……』

自分のせいじゃないのにっ。あいつらのせいなのにっ。

「大丈夫だよ、ナギ。帰ったら風呂に入れてきれいにしてやるから」

ナギと千永の会話をきちんと聞き取れているようで、忍は手が汚れるのもかまわずナギの背中を撫でてくれる。

それにしても妖使《あやかし》として迫力がないのは、この場合、いいのか、悪いのか。

別に恐れられたいわけではないが、むーっ、とナギは喉の奥でうなってしまう。

「この二人は別に悪魔に憑かれているわけではありません。もともと人間ではないというだけですよ」

静かに言った葵に、ミハエルがハッとしたように声を上げた。

「やはり魔物だということだろう！　悪魔とはまさしく、獣の姿をとるものだからな…！」

そんな断定的な言葉に、ナギは思わず息を呑んだ。知らず、キュッと身が縮み上がる。

――魔物。やっぱり、人にしてみればそうなんだろうか……？

無意識に、おそるおそる視線を上げて、忍の顔をのぞきこんでしまう。

前をにらんだまま、忍がぎゅっとナギを抱く腕に力をこめてくれた。

「人でなければすべて魔物だと？　ずいぶん傲慢ですね」

わずかに目をすがめ、葵が容赦なく返した。片腕が無意識のように横に立つ千永の首筋にかかり、手慰みのように優しくその毛皮を撫でている。千永もまんざらでもないように、その手に顔をこすりつける。

千永も……気持ちがいいんだろうか？　葵さんに撫でられたら。

ふっと、ナギは思った。自分が忍に撫でられるとひどく心地いいのと同じように。

千永でも、やっぱり。

だから、式祁《シキ》になったんだろうか？　一緒にいるために。

「妖祇《あやかし》と呼ぶんです。人と同じようにこの世に生きている。ナギがあなた方に害を与えましたか？　何もしていないのにその命を奪う権利が、あなた方にあるんですか？」

腕の中にナギを抱きしめたまま、忍が静かに問いただす。

迷いのないその表情を、ナギは瞬きもできずに見つめてしまう。

この人の世で、ただ一緒にいるために。一緒にいたいから——。

神父がしばらくじっと、忍を見つめてきた。そして尋ねるようにゆっくりと口を開く。

「おまえはさっき、悪魔に魂を売り渡しても、と言ったな？　悪魔に魂を売っても、その魔物を守ると」

「悪魔と契約しても魔物を守る……？」

リノが意味がわからないように口の中でくり返す。矛盾を感じるのだろう。

彼らにとっては、悪魔がすなわち、魔物なのだろうから。

「ナギが人間であろうがなかろうが、俺には意味のないことです。俺にとって、ナギはナギでしかない。悪魔がどういう存在だか知りませんが、ナギを守るために必要なら、俺はそうしますよ」

きっぱりと言ったその言葉を、その声を、ナギは忍の胸にしがみついたまま、忍の身体の中から直接聞いたような気がした。

胸がドキドキして、熱くて、くすぐったくて、……泣きたいくらいうれしい。

自分は忍の式祁じゃないけど、でも一緒にいるためだったらなんでもする。意地悪な千永の修行でもなんでも。

本当は何も関係ないことに、自分が忍を巻きこんでしまっているのかもしれない。

でも忍が守ってくれるから……いつでも守ってくれているのを知っているから、きっともっと強くなれる。

ナギは無意識に忍の胸に顔をこすりつけた。

「あなた方にとって神は唯一無二の絶対的存在でしょうが、日本には八百万《やおよろず》の神々がいる。その神すべてが善なるものではない。すべての妖祇が悪でもない。人がすべて善でないように、人外のものすべてが魔物だと思うのは浅はかですね」

何か考えるように口をつぐんだミハエルに、葵が淡々と続けた。

わずかに唇を嚙み、迷うように葵を、そして忍を、さらにナギや千永を見つめたミハエルが、やがてそっと口を開いた。

「……よかろう。ではしばらく様子をみよう。妖祇…、と言ったか？　本当に悪魔ではないのかどうか」

「兄さん……」

どこか心配そうにつぶやいたリノの肩をなだめるようにたたく。

「信用したわけではない。おまえたちの動きはずっと私が監視していることを忘れるな」

「お好きにどうぞ」

軽く肩をすくめた葵が、ちらっと千永に視線をやる。

「千永、おまえは人の姿でいろ。獣だと目を引きすぎる」

言われて、千永がぶるんと身を震わせると、スウッと引き締まった身体に変わった。

それと同時に、葵が空で何かを振るように縦横に指を揺らす。

リン…、とかすかに鈴の音がして、ふっ…、と止まっていた風の音が聞こえ始めた。それだけでなく、他のいろんな音が一気に溢《あふ》れ出した感じだった。

実際には、木の葉擦れや、遠く体育館の歓声やら、竹刀《しない》の音がかすかに聞こえるくらいなのだが。

今までどれだけ静かだったのかがあらためてわかる。

葵が結界を解いたのだ。

一度見ていたこととはいえ、千永の変化に目を見張っていた二人が、ハッとしたようにあたりをみまわす。目に見える風景の何が変わったわけではなかったけれど。

あらためて、じっと何か見透かそうとするように、神父が葵を見つめる。

「なんでしたら一度、うちの神社をお訪ねください。御知花神社というところです」

「……そうだな。いずれ、必ず」

葵の言葉にどこか挑むようにミハエルが返しながらも、ようやくその手が胸の十字架から離れた。

しかし、御知花神社にいる祭神――御知花様は確か、龍神《りゅうじん》だと聞いている。よけい混乱しないかな…？　という気もするが。

龍などと、エクソシスト的には思いきり悪魔の化身だろう。御知花様とエクソシストとの対決は、想像しただけでちょっと恐い。

「忍くん。早くお昼を食べておかないと、次の試合になるんじゃないの？」

何気ないように葵が声をかけ、はい、と忍がうなずいた。

「あの……！」

ナギを抱いたまま行こうとした忍の背中に、リノがあせったように声をかけてくる。

「失礼なことを……言いました。その…、正直、まだよく納得できませんが……」

自分でもまだ混乱したままらしく、リノが視線を漂わせながら口ごもるように言った。

「いや。君に悪魔を見る力があるのなら、試合を見てくれればいい。俺の剣がそういうものかどうかわかるだろう」

ふり返って静かに言った忍に、リノが、はい、と短く答えた。そして気になる様子で尋ねてくる。

「あの、おケガは…、大丈夫ですか？」

「この程度の打ち身は稽古《けいこ》でもしょっちゅうだよ」

忍はさらりと返したが、ナギは、あ…、と思い出した。

忍の腕の中でもぞもぞと這《は》い上がるようにして、剣道着の重なった隙間《すきま》から忍の肌に頬をよせる。中にもぐりこむようにして、右肩のあたり。

ナギを抱き上げている左腕とは違い、右腕はだらりと伸ばしたままだ。

「ナギ…、くすぐったいよ」

歩きながら忍が喉で笑ったが、やはりそこはかなり熱を持ち、わずかに腫れ始めていた。本当なら、腕を上げるのも痛そうだ。

泣きそうになったのを必死に抑えて、ナギはそっと、そこに舌を這わせる。何度も何度も。

「ナギ……。うん、気持ちいいよ」

ナギのしている意味に気づいたように、忍が背中を撫でてくれた。

小さく首を傾けてそれをのぞきこみ、葵が微笑んだ。

「そうだね。妖使《あやかし》には治癒能力の高い者がいるようだから、ナギくんにもそういう力があるのかもしれないよ。伸ばしてみるといい」

「ほんと？」

どうやって伸ばせるんだろ……？

「梅造《うめぞう》がくわしそうだけどね」

言われて、帰ったら聞いてみよう、と思う。

それができるようになったら、少しは忍の役にも立てるはずだ。

「ナギくんは癒し系だよね。千永は獰猛なだけだけど」

葵がちょっと意地悪く言い、指先で横を歩く千永の鼻先を軽く指で弾く。千永は低くうなると、ふん、と顎を振るようにして、次の瞬間、葵の指を噛んだ。

人の姿でも、さすがに動きは速い。

あっ、と思ったが、どうやら甘噛みのようだ。ぺちっ、と葵に頬をたたかれている。

いったん体育館にもどって、試合の消化状況を確かめると、やはりつまらない時間を食ったせいでかなり進行している。

それでも少しは余裕もあるようなので、近くのベンチで梅造に作ってもらったお弁当を広げた。

葵が大会本部の救護係から湿布薬をもらってきてくれて、忍の肩に張っていたので、ちょっとばかりその匂いがきつい。

『エクソシストの悪魔祓いって…、妖祇《あやかし》にも効くのかな……？』

忍の膝の上でしば漬けをポリポリとかじりながら、ナギは思い出して尋ねてみた。

「どうだろうね。見たことがないからわからないけど、もしかすると御祓方《おはらいかた》と同じような効果を持っているのかもしれないね。あの神父さんたちも日本にいる間に妖屍《あやかし》憑きを見かけたら、やはり悪魔祓いをするのかもしれないし」

葵が手にしていたサンドイッチをおいて、缶コーヒーを開けながら答えてくれる。

千永は無言のまま、横で唐揚げを口に放りこんでいる。

「悪魔憑きと妖屍憑きって区別できるんですか？」

梅干しおにぎりを一つ食べきってから、忍も真剣な顔で聞いていた。

「悪魔は基本的にすべて名前がわかっているみたいだからね。妖屍はたいてい意識だけの霊体だし…、妖祇なら動物だし。できないこともないんだろうけど。問題は彼らがその区別をあえてするかどうかだよね」

『だったら…、千永とか俺とかも、攻撃されたら死んじゃうの？』

忍のケガは、あの攻撃でというより二次的に負ったものだ。でも受けたのが自分だったら、どうなっていただろう…、と思う。忍が守ってくれなかったら。

「攻撃されたら、殺される前に殺すんだな。——くっ…！」

無造作に言い放った千永の頭を、葵が無言のままで殴りつける。

「そうだね。人か人じゃないかだけで区別する攻撃能力なら、なんらかの影響はあるかもしれないね。だから、そのへんの見極めをしてくれないと困るんだけど」

葵がちょっとため息をついた。さらりとやわらかそうな前髪をかき上げる。

「うかつに妖祇たちを攻撃されると、よけいな軋轢《あつれき》が増えるばかりだよ」

そう。うっかりあの神父がいい妖祇——でなくても、別に何も悪いことをしていない妖祇を殺そうとしたりすると、その一族郎党との全面戦争になりかねない。

「葵、おまえ、御知花に憑かれている時だったら、あからさまに悪魔憑きにされるんじゃないのか？」

千永が思いついたように口にする。微妙におもしろがるような口調だ。

「あり得るな…」

葵が苦笑する。

「祟《たた》り神だからな。悪魔とさして違いはない」

「ぜんぜん違うだろ」

「憑かれる…って、憑依《ひょうい》するということですか？　あるんですか、そういうことが？」

驚いたように尋ねた忍に、あっさりと葵が答える。

「たまにね。そのうち、忍くんたちにも見る機会はあると思うよ」

「デバガメの食えないヘビ野郎だからな、御知花は。おまえたちものぞかれないようにするんだな」

「千永」

ぴしゃりとたしなめてから、葵が考えるようにつぶやいた。

「一度、御祓方の方でもエクソシストについては話し合っておいた方がいいかもしれないな。

対処なり、事前にトップ会談を持つなり」

「めんどうになりそうなら、先に攻撃すればいい。拉致《らち》して百鬼夜行の中にでも放りこめば、考えも変わるだろうさ。なんなら、今から行ってきてもいいが?」

ぺろりとエビマヨを食べた指をなめて、千永が立ち上がる素振りをみせた。

と、その身体がいきなり、ガン…!　とベンチの背もたれにたたきつけられる。リン…、とわずかに遅れて涼やかな音が風になびいた。

チッ…、と舌を弾いて、千永が蜘蛛《くも》の巣でも払うみたいに身体に巻きついた透明な糸をのけている。

葵は妖祇を祓ったり、結界を張ったりするのに、小さな鈴のついた細い透明な糸を使っているのだ。

ナギは思わず、くくくっ…、と喉で笑ってしまった。

『リードをつけられた犬みたい』

首輪は、式祁であればすでにつけられているはずだ。

いかにも嫌がらせに言ったナギの言葉を、千永が薄く頬で笑い飛ばす。

「葵に縛られるのなら、それはそれでかまわないが」

聞きようによっては、ちょっとドキリとする言葉だ。

「葵は縛るのが好きなようだしな?」

どこか意味ありげな口調。

「おまえがつまらないことばかりするからだろう」

葵がむっつりと返す。

「マゾだったのか、千永は?」

忍が小さく笑って、からかうように尋ねている。

そんな軽口がやりとりできるくらい、二人はいつの間にか仲良くなっていたらしい。

時々、夜中や早朝に忍も千永と修行というか、自主練というか、そんなことをしているのだ。

神社の境内で、忍は木刀を使っていて、千永はもちろん素手だったが、ちょっと異種格闘技みたいでもある。

しかし忍の言った言葉の意味がわからなくて、ナギは何気なく聞き返した。

『マゾなの、千永? ……マゾって何? おいしい?』

が、瞬間、忍が飲んでいたお茶を気管につまらせ、葵もちょっと咳きこむ。

微妙な空気が流れてしまって、なんだ…? とナギは首をひねった。

——と。

「殺す」

『ギャ——————っっ!』

いきなり本気で殺気立った目で千永ににらまれて、ナギはあわあわと忍の背中に逃げ出した。

午後からの試合で、忍は自然体だった。多分、いつも以上に。

腕を上げて防具をつけるのも痛そうで、ナギは葵のコートの中から顔だけ出した状態で、観覧席の一番前から祈るように見つめていた。

しかし忍は余分な力を入れず、流れるような足捌《さば》きと最小限の動きでタイミングをつかみ、決勝まで勝ち上がった。

決勝が始まる前、あそこ、と葵に示されて、そちらを見ると、観覧席の上の方でさっきの神父が立っているのがわかった。リノの方は大会を手伝っているようだから、もっと近くで見ているのかもしれない。

決勝の相手は、どうやら意地をみせたらしいこの聖シルベストロ学院の選手のようだ。

おたがい提刀で場内に入って、立礼する。帯刀から三歩進むと同時に竹刀を抜いて、蹲踞《そんきょ》の体勢をとる。

決勝なので、行われている試合はこの一試合のみで、会場中が息を呑んで忍たちを見つめている。

始め――、の合図で同時に立ち上がった。

竹刀の先が軽く触れ合う。おたがいに相手の隙《すき》をうかがい、時折、気合いのこもった声が空気を貫く。

忍の落ち着いた動きに、相手がじれるように打ち込んでくる回数が増えてきた。しかし踏みこまれても忍はあせることなく、余裕を持ってかわしていく。絡み合う一瞬の攻防に、時折会場から拍手が起こる。

三分半くらいで、忍の鋭い切っ先が相手の小手を捉《とら》えた。サッ、と旗が揚がり、会場がどっと沸く。一本だ。

「二本目」

審判の声とともに、再び交わる。一本を取られたことで、相手の攻撃がさらに激しくなったようだった。ものすごい気合いが会場に響き渡る。ダダン…！　と踏みこまれた瞬間、相手の突きが入ったように見えて、ひやりとしたがどうやら有効ではなかったらしい。

だがその直後だった。一瞬の隙を突いて飛びこんだ忍の竹刀が大きくしなり、相手の正面にたたきこまれた。面の一本。

『やたっ！』

大きく声を上げた瞬間、コートを飛び出して手すりから転がり落ちそうになり、あわてて引きもどされる。

「今夜はナギくんが忍くんにご褒美《ほうび》をあげるといいよ」

夢中で前足をパタパタとたたいていたナギの頭の上で、葵がどこか意味ありげに言った。

……ご褒美？

と言われても、ナギが忍にあげられるものなんて持っていない。

「どんな？」

きょとん、と葵を見上げたナギの横で、腕を組んですわっていた千永の耳がピクッと動く。

身をかがめて、葵がナギの耳元で小さくささやいた。

その言葉に、ナギはちょっと首をかしげる。

「それでご褒美になるの？」

「なると思うよ。忍くん、とても喜ぶはずだから」

にっこりと葵が笑う。

わかった、とナギは大きくうなずいた。忍が喜ぶことなら、ナギもうれしい。

「言ってみるよっ」

ナギたちの内緒話が聞こえていたのかどうなのか、千永があきれたようにハッ…、と小さく息を吐く。

表彰式が終わり、着替えてから他の部員たちと簡単なミーティングをすませると、忍は現地解散になったようだった。

どうやら忍の年内の部活動はこれをもって終了らしい。明日からは本当の冬休みだ。

ワガママな千永が電車での移動を嫌うので――人混みが苦手らしい。ナギもそうだが、雑多な人の気配に酔いそうになるのだ――車を使ったのだが、面や小手など結構な荷物になっていた防具が運べてよかったのかもしれない。ナギも本体だったので、忍の腕にずっと抱えてもらっていた。

神社に帰って本体のまま風呂に入れてもらい、乾いて毛に貼《は》りついていたしつこい泥を丁寧に落としてもらう。

今日の試合や、いよいよ本番を迎える神社の年末年始にかけてのお祭りについて話しながら梅造の夕ご飯を食べて、ナギたちはちょっと早めに離れの部屋へ引き取った。

明日からは大晦日《おおみそか》の大祓や除夜祭、そしてお正月の歳旦祭に向けて、殺人的ないそがしさになるらしい。

覚悟しておいてね、とにっこり葵に言われていたが、あのきれいな笑顔からして相当に恐い。一族の人間も集まるから、そこで忍くんとナギくんのお披露目もするよ、と予告されていたので、早くも緊張してしまう。

そんなナギとは逆に、試合があったこの日の夜も忍はいつも通り、きっちりと夜の勉強時間をとっていた。

「あのね…、忍」

忍が敷いた布団の上にちょこんとすわって、ナギは忍の勉強が終わって片づけているのを眺めながら、声をかける。

「どうした？」

妙にあらたまった感じのナギにちょっととまどうように、忍が首をかしげた。

ナギが忍の布団にいること自体は、めずらしくない。ここに来てからも、夜はいつも一緒に寝ていた。冬だし、寒いし、ナギは本体のカッパ姿で。

でも今夜は、ネルの寝間着を着た人の姿のままだ。忍の方は、夜はいつもパジャマ代わりのジャージのパンツに長袖Tシャツというラフな格好だった。

「えーと…、その、忍、今日は試合に勝ったから、ご褒美あげようと思って」

「それはうれしいな」

忍が静かに微笑み、ナギの前に膝をつけてすわる。

「あっ、でも、忍が俺に何かくれるんだよ？　それがご褒美になるんだって。葵さんが言ってた」

「葵さんが？」

忍が不思議そうな顔をする。ナギにしてもちょっと意味がわからなかったのだが、こう言えば大丈夫、と葵が太鼓判を押してくれたのだ。

「うん。だからね…、忍の大きいの、ちょうだい？」

「大きいの……？」

その言葉に、忍が意味がわからないようにつぶやく。が、次の瞬間、あっ、という表情になって、あわててナギから視線をそらした。

そして横を向いたまま、口ごもるように確認してくる。

「それ…、葵さんが言ったのか？」

「うん」

大きいの、ってなんだろ……？　とナギはわくわくしながら忍の顔を見つめてしまう。

特大のイチゴ大福とか、シュークリームとか？　バケツプリンとか？　おっきいかぶの漬け物とか？

「でも、俺が忍からもらうのでご褒美になるの？」

「そうだな…。まあ、うん……、そうかもな……」

片手をシーツにつき、うつむいたまま答えた忍の歯切れが、いつになく悪い。

そんな様子に、ナギは心配になってわずかに膝でにじりよった。

「やっぱりダメ……？　うれしくない？」

「いや、そうじゃない」

いくぶんあわてたように言って、ようやく忍がナギに向き直った。短く息を吐き、そっと指を伸ばしてナギの頬を撫でる。

「もらって……、ナギにあげていいのか？」

「うんっ」

無意識にパッと大きな笑みになって、ナギは大きくうなずいた。

「じゃあ、目をつぶって」

言われるまま、ナギはギュッと目を閉じる。

ふわっと空気が揺れて、忍が動いたのがわかった。

そして、少しして——。

唇に乾いた熱が触れ、えっ？　と思っている間に、ナギの身体は優しくシーツの上に押し倒された。

「し…、のぶ……？」

ハッと目を開くと、いつの間にか部屋の明かりが消されていて、手前の障子戸が引かれないままに、サッシ越しの月明かりだけになっている。

「嫌か？」

ナギに身体を重ねるようにして、じっと顔をのぞきこんでいる忍の眼差しがいつになく熱くて、ふいに心臓がドキドキと音を立てる。

「い…いやじゃない…けどっ……、でもっ…、これ…っ」

——これって……アレだよな……？

思い出しただけで、顔が真っ赤になってしまう。

でも、どうして急に……？

「ナギ…」

吐息だけで名前が呼ばれ、それだけで身体の芯がカッ…、と火照《ほて》り始めた。

恥ずかしくて、とっさに顔を背けたナギの頰を忍の唇が撫で、濡れた舌がナギの唇に触れて、こじ開けるようにして中に入ってくる。

「んっ…んん……っ」

舌が絡められ、きつく吸い上げられて、ナギはどうすることもできずにただ翻弄《ほんろう》されるまま、必死に息を継ぐ。舌の触れ合う感触が、無意識に立ててしまう濡れた音が恥ずかしく、しかしじわじわと、何かわからない甘い疼《うず》きが身体の奥から生まれ始める。次々と溢れてくる唾液《だえき》が飲みこめなくて、顎から滴《したた》り落ちる。

「ふ…っ…ん…っ、……しの…、しのぶ……っ」

甘くて、切なくて、胸の奥がキュウキュウする。

唇が離された時には、ほっと息をつくと同時に、もの足りなさを覚えてしまうくらい。

忍は何度も何度も、キスをしてくれた。体中、いっぱい。

そしてするりと下肢へ伸びた忍の手がナギの腰紐《こしひも》を解き、寝間着の隙間から手が差し入れられた。

「あ…っ」

皮膚の硬い忍の手に太腿《ふともも》から脇腹が撫で上げられてようやくそれに気づき、ナギはうろたえた声を上げてしまう。

胸を見せるように寝間着が大きくはだけられ、薄い胸がさらけ出されてしまう。忍の手が、その骨っぽいナギの身体を優しくたどっていった。

俺で……いいのかな……？

その感触に身体をしならせながらも、ふっと、そんなことを考えてしまう。

女の子の方が…、いいんじゃないかな……？

ちゃんと人間の……こんな魔物じゃなくて。もっとやわらかくて、きっと抱き心地もいいはずで。忍を気持ちよくしてあげられるはずなのだ。

「しのぶ……、ごめん……」

思わずこぼれた言葉に、ふっと忍の動きが止まる。

「どうした…？」

知らず涙のこぼれていたナギの頬が大きな手のひらで撫でられ、優しく聞かれる。

「俺…、人間だったら……よかったよね……」

それに忍が不思議そうに首をかしげた。

「どうして？」

「だっ…て……」

ナギはちょっとしゃくり上げた。

「言っただろう？　ナギはナギだよ。人間でもカッパでも同じだ」

静かな忍の言葉が肌に、心の中に沁《し》みこんでくる。

ナギはそっと、涙でいっぱいの目で忍を見上げた。

「お、俺で……いいの？　俺…、この前は忍のこと……、あんまりよくしてあげられなかったんだよね……？」

「そんなことはない。すごく可愛くて…、夢中になってたけどな？」

かすかに笑うように忍が言う。ちょっとからかうみたいに。

「でっでも…っ、忍……あれから……何もしなかったし……っ。ず…ずっと、夜…カッパだったし……っ」

思わず口にしてから、あっ、とナギは気がつく。

これじゃ、まるで自分が忍にしてほしかった、と言っているのと同じだった。カーッ、と全身が熱くなってしまう。

「何かしてもよかったのか？」

忍が頰をナギの頰にすりよせながら、小さく喉で笑った。

「俺も健全な男子高校生だからな…。いくら武道で精神を鍛えていても、好きな子と毎日一つ布団に寝ていて我慢できるほど聖人君子じゃない。ナギがカッパじゃなかったら、毎晩が拷問だよ」

——好きな……こ？

何気なく言われたそんな言葉に、どくん、と胸が大きく高鳴る。ぶわっと大きく膨らんだ何かが身体の中から溢れ出しそうだった。

「あの時、あんまり夢中になりすぎてヤバイな…、と思ったんだよ。ちょっと自制しておかないと、勉強も剣道も手につかなくなりそうだったからな」

「俺…っ、俺もっ…、俺も忍が好き……！」

苦笑するように言った忍に、ナギはとっさに口にした。腕を伸ばし、忍の首にぎゅっとしがみつくみたいにして。

「だっ…だから…っ、その……」

——して、いいのに。忍のしたい時に。

その背中を強く引きよせて、忍が静かに言った。

「だから特別な日に、俺の特別なナギをもらおうと思ってたんだ」

俺の……特別なナギ。

ふわりと耳に落ちたその言葉がうれしくて、幸せで。ぐりぐりと忍の胸に顔をこすりつける。

「でも、そうだな…。俺の都合ばかりで悪かった。ナギだってしたい時もあるよな」

しみじみ言われて、ちょっと顔が赤くなってしまう。

確かに、それはそうなんだけど。でもナギとしては、忍の手で頭を撫でられているだけでも心地よくて、よく眠れるのだけど。

「ナギは俺でよかったのか…？　無理させたんじゃないかと心配していたんだが」

「そっ…そんなことないよっ。すごく気持ちよかったし…っ」

優しく聞かれ、思わず口走ってから、あっ…、とあせってしまう。

……エロガッパ、って……思われないかな……？

おそるおそる上目遣いにしながら、赤い顔でナギは尋ねた。

「カッパでも……いい……？」

「むしろカッパの方がいいよ。ふだん外でもナギを抱いていられるし、それに……」

言いかけて、ちょっと忍の目が楽しげに瞬く。唇がそっと喉元から胸へとすべり落ち、胸の小さな粒がついばまれる。

「あぁ……っ」

ビクッと走った得体の知れない、危ういような刺激に思わず身体を跳ね上げ、ナギはうわずった声を上げてしまった。

「カッパのカラダは感じやすいんじゃないのか？　すごくやわらかくて…、信じられないくらい奥まで入って、この間はびっくりしたよ」

荒い息をつきながら、なにが…？　とぼんやり思ったが、さらに唾液に濡らされたナギの小さな乳首が指できつく摘《つま》み上げられ、あまりの刺激の大きさにそんな疑問は頭から消し飛んでしまう。

「ひ…っ、あぁぁぁぁ……っ！」

たまらず身体を弓なりに反らせ、ナギは大きくあえいだ。肌の下で小さな火が熾《お》こされるみたいで、ビクッビクッ…、と小刻みに身体が震える。

「稽古中も思い出して…、ちょっと危なかった」

忍がそっと笑った。

「ナギの泣きそうな顔も、気持ちよさそうな顔も可愛くて…、ねだってくるみたいな身体も可愛くて……な」

「そっ…、そんなの……っ」

知らない。わからない。

真っ赤になった顔を無意識に隠そうとしながら、ナギはぶんぶんと首をふる。

吐息で笑いながら、忍の舌先がナギのピンと立った乳首を弾くようにしてなぶり、さらに唾液をからめていく。硬い指先がそれを押し潰すようにしていじり、ナギはたまらず、あっあっ…、と間欠的にあえいでしまっていた。

ジンジンとした疼《うず》きが身体の中心にたまってきて、無意識に足をこすり合わせる。

「ナギ…、俺がしてやるから」

忍がそれに気づいたようにささやき、ナギの膝を割るようにしてするりと内腿《うちもも》に手を差し入れてきた。

「あっ…あぁ……っ、——いい……っ」

軽く中心が握られ、反射的に腰を跳ね上げる。大きな手の中で強く弱くこすり上げられて、目がくらむような快感に意識が呑みこまれそうになる。

「ナギ…、いいよ」

優しくうながされ、ナギはこらえきれずに忍の手の中に放ってしまっていた。

ハァハァ…、と大きく息をつく間に、いったん忍の手が離れる。

ぼんやりと涙に濡れた目を開けると、薄闇の中で忍がTシャツを脱ぎ捨てている。上半身は裸になって、再びナギの上に重なってきた。

密やかな息遣いと、熱い眼差しが肌を撫でるようで、ドクドク…と身体の内側で血が逆流しているようだった。

忍の手がナギの膝にかかり、容赦なく大きく広げられる。

「や……っ」

恥ずかしくて思わず高い声を上げたが、いつになく強引に、忍はナギの足を押さえこんだ。

膝を閉じることもできずに、恥ずかしく濡れた中心が忍の目にさらされているのがわかる。

いやらしく誘うみたいに蜜を垂らして、見つめられるだけで早くもビクビクと震えている。

「や…だ……っ」

真っ赤になって必死に声を絞り出したナギに、忍が意地悪く尋ねてくる。

「何が嫌なんだ?」

「み…見ないで……っ」

「ちょっと無理だな…」

あっさりと突き放され、さらにじっくりと見つめながら忍が下肢に顔を近づける。

あせっている間にかすかな吐息が触れ、舌先がそっと、ナギの中心をなめ上げた。

「ひゃ…ん……っ!」

ヘンな声が飛び出し、とっさに逃げようとした腰は、しかしがっしりと押さえこまれていてまともに動けない。

そして次の瞬間、すっぽりと温かい口の中に包まれて、ナギは大きく身体をのけぞらせた。

「あ…っ…ん…っ…、ふ…あ…あぁっ……」

ざわざわとするような甘い快感が腰の奥から湧《わ》き上がり、一気に全体に散っていく。

口の中できつく弱くしごき上げられ、舌を絡められてしゃぶられながら、さらに根本の球がやわらかく指でもまれる。

再び頭をもたげてしまったナギのモノは、とろとろと先端から蜜を溢れさせた。

それを絡めた忍の指が、優しく奥の細い筋をたどっていく。ゾクゾク…と湧き出した疼きに、ナギは押さえこまれた腰を小刻みに震わせた。

「あっ…あっ…あぁ……っ、――そこ……ぉ…っ」

もどかしいような疼きが肌に沁みこんで、ナギはたまらず身体をくねらせる。もっと強くこすってほしくて、無意識に腰を掲げてしまう。

すると忍は指を離し、代わりに舌を這わせてきた。しっとりと唾液で濡らされ、さらに指先で何度も往復してそこをこすり上げる。

きわどい部分までなぞられ、しかしなかなかその先までは来てくれなくて。

じりじりと、身体の奥から危ういような渇望が生まれてくる。

「し…のぶ……っ、忍……っ、もっと奥……っ」

忍がナギの腰を浮かせ、再び焦らすようにそこを舌でたどられて、ナギはたまらず、恥ずかしくねだってしまう。

顔を上げた忍の指がようやく腰の狭間に入りこみ、奥の小さな窄《すぼ》まりを見つけて、確かめるようになぞってくる。

それに気づいて、あっ…、とナギはうろたえた声を上げていた。

軽く押し開かれ、そっと吐息が触れる感触に、キュッ…と無意識にナギのそこが収縮する。

かまわず忍はナギの腰を押さえこんだまま、後ろに口をつける。舌先がまだいくぶん強ばったままの襞《ひだ》をなめ上げ、唾液を送りこみ、指先でほぐすようにしてかきまわす。

「ダメ…っ、ダメだ…よ…ぉ…っ、そんなの……、しのぶ……っ」

そんなところを口で触れられる恥ずかしさに、ナギは涙で顔をぐしゃぐしゃにしながらうめいた。

「ナギのしてほしかったのは、ここじゃなかったのか……?」

そっと笑うように聞かれ、どうしようもなくナギは首をふる。

しかし実際、あっという間にやわらかく溶けたナギの後ろは、忍の指に吸いつくようにしていやらしく絡みついていた。

わずかに押し開いた襞の奥を、忍の舌先がやわらかくなめ上げていく。

「あぁ…っ…、あぁぁ…ん…っ」

もどかしいような快感に、ナギの頭の中がぼぅっと濁っていく。

もっと、もっと硬いモノでこすってほしくてたまらなくなる。

長い息を吐き、ようやく忍が口を離した時には、ほったらかしにされていたナギの前も淫《みだ》らに蜜をからめてそそり立ってしまっていた。

体中がじくじくと疼き、ナギ自身にも、もう何が何だかわからない。

忍が手のひらでナギの頬を撫で、唇が貪《むさぼ》るみたいにナギの首筋から胸を這っていった。背筋をたどった指が小さく引き締まった腰の谷間をかき分け、さっきまで舌で愛撫《あいぶ》され、とろとろになっていた部分に触れてくる。

やわらかく溶けた襞が大きくかきまわされ、ナギの腰は無意識にそれをくわえこもうと、恥ずかしく揺れてしまう。

「ふ…ぁ…、あぁぁぁぁ……っ！」

ズッ…、と指が一本、ようやく奥まで貫き、わずかな痛みのあとに宙に浮くような陶酔が押しよせてくる。きつくそれを締めつけながら、中をこすり上げられる感触に意識が飛びそうになった。押し出されるみたいに、前から蜜がどくっと溢れ出す。

ナギは夢中で忍の肩にしがみつき、足もはしたなく忍の身体に絡みつけてしまう。自分から淫らに腰を動かす。

「イイのか……？」

熱っぽい声で聞かれ、ナギは何度もうなずいた。

「もっ…と…っ、もっと……して……っ」

まだ足りない。もっといっぱいにしてほしい。

そんな思いで必死にすがる。

「ナギ……」

気持ちを落ち着かせるように、忍がそっとナギの髪を撫でてくれる。

「おまえ、いい匂いがするんだな……」

熱い、かすれた声が耳元でそっと笑う。

「え……？」

ナギはぼんやりと聞き返した。言われた意味も、はっきり意識できない。

「溺《おぼ》れそうだ」

低い声がしたかと思うと、ぐっと背中から腰が抱え上げられた。抜けていた忍の指が、今度は二本に増えて中がかきまわされる。

「あぁぁ……っ…、んっ…ふ…ぁ…ん……っ」

くり返し出し入れされ、その大きさに中が馴染《なじ》まされていく。でも、まだ足りなくて。

「しのぶ……、もっと……」

涙目でねだったナギの顋が強引に引きよせられ、唇を奪われる。

「んっ…んっ……」

舌が絡み合い、おたがいに酔うように味わう。

「もっと…、ナギにあげていいのか……？」

熱っぽくかすれた声に聞かれて、ナギはその意味もわからないまま、ただうなずいた。忍のくれるものならなんでも、全部、欲しかった。

忍が優しくナギの前髪を撫で、そっと額にキスを落としてから、ナギの身体をいったんシーツに落とす。投げ出された両足が抱え上げられ、腰が浮かされて、その奥に何か硬いモノが押しあてられた。

それがなんなのか、ナギははっきりと認識していたわけではない。それでもそれが貪欲《どんよく》な襞にこすりつけられると、全身が粟立つような渇望に襲われる。

欲しくて。それが自分の身体の中に。一番奥に。

忍の身体につなげてほしくて。

ナギは夢中で腰を揺する。淫らで、はしたない格好だったのだろうけど。

「しのぶっ、しのぶ…っ、──早く……っ」

腰をくねらせて、いやらしくせがむ。

それが与えてくれる快感を、ナギの身体はもう知っていたから。

「ナギ…」

吐息で名前を呼んでから、ぐっ、と忍が腰を進めてきた。

一瞬、焼けるような感触が背筋を走り抜け、硬い杭《くい》に深くえぐられる。しかしその熱はすぐにナギの身体に馴染み、じりじりと焦れるような疼きを伝えてきた。

「大丈夫か……?」

押し殺したような息で聞かれ、ナギは忍の肩に腕をまわしながらうなずいた。

「うん…。し…のぶ……」

無意識に腰を押しつける。

「うごい……て……?」

「たまらないな…」

うめいたかと思うと忍がその腰を抱え上げ、大きく揺すり始めた。

身体の内から得体の知れない熱い波が押しよせ、ナギの意識をさらっていく。

「あぁ……っ」

「ナギ……」

ナギの身体をシーツに張りつけ、唇を合わせておたがいに甘い舌を味わう。

そしてナギの背中を抱き上げると、忍が激しく腰を使った。

太いモノで中がこすり上げられ、ひどく感じるところに何度も先端があたってくる。突き上げられ、突き崩されて、体中がおかしくなる。

「ひ…ぅ…っ…、……あぁっ……あぁぁっ」

余すところなくきっちりと、いっぱいに満たされ、うねるような熱が頭のてっぺんから足先まで、指先まで行き渡る。

「や…ぁ…っ…、溶ける……っ…。カラダ…っ、ヘン……っ」

感じすぎて、自分の身体じゃないみたいだった。

体中が全部溶けてなくなってしまいそうな快感に溺れる。どろどろになった身体の芯《しん》に、忍の脈打つモノの存在だけを生々しく感じてしまう。

「ナギ…、出すか……?」

「やぁ…っ…――あぁぁぁ……っ！」

せっぱ詰まった声で聞かれ、痛いくらい張りつめた前が忍の手でこすられた瞬間、あっけなくナギは達してしまっていた。

反射的にギュッと後ろを締めつけてしまい、低いうめき声が頭の上に落ちる。同時に、身体の中に熱くほとばしる感触を覚えた。

「すごい……」

低くうめき、肩で息をついた忍が汗ばんだナギの前髪をかき上げ、そっと額にキスを落とした。ナギは鼻先をこすりつけるようにして忍の胸に顔を埋める。

恥ずかしくて、顔が見られなかった。

しかし、どくんどくん…、と熱く脈打つ忍のモノはまだナギの中にあって、ナギの中心もまだ足りないように蜜を滴らせていて。

「うっ…――あぁっ……！」

と、上体を起こした忍がぐっとナギの身体を抱き起こし、つながったままナギは忍の膝の上に抱えられた。

十分に硬いモノが再びナギの中に深く入りこみ、えぐられる感触に、ぞくぞくっ…と背筋が震える。何かが飛び出しそうな、危うい感覚だった。

さっき、イッたばかりなのに。

「ふ……ぁ…、……ん…っ…」

忍の膝の上ですわりこんだまま、ナギは快感を散らそうと無意識に身体をしならせる。

「本当に……感じやすいんだな……」

ため息をつくように言われて、ハッとナギは顔を上げた。

「忍…、いや……?」

「そんなわけないだろう」

不安げに尋ねたナギに、忍が喉で笑う。両手ですくい上げるみたいにナギの顔がとられ、頬がこすり合わされる。

「可愛いよ。好きなだけ、いっぱい感じたらいい」

そう言うと、緩く腰が動かされた。

「あぁ……っ」

それだけで、ずん、と身体の奥に響いてくる刺激に、ナギはバランスを崩しそうになる。あわてて忍の肩に腕をまわし、必死にしがみついた。

吐息が触れるくらい顔が近くて、夢中でキスを交わして。

中に入ったままの忍がさらにじわじわと硬く、大きく、そして熱くなってくるみたいで。

しかしそれ以上何もしてくれない忍に、ナギはだんだんと焦れてくる。

「し…のぶ……っ」

身体をうずうずとよじりながら、ナギは泣きそうな目で忍を見上げる。

「どうした?」

けれど、忍はちょっと意地悪な目でナギを見つめたままで。

そしてこそっと耳元でささやいた。

「ナギが好きに動いていいんだぞ?」

そんなふうに言われて、かぁっと頬が熱くなった。

「そん…な…の……っ…、——あぁぁ……っ!」

涙目で忍をにらむが、さらに軽く腰を揺すられ、ジンジンと爆発寸前の熱が腰の奥にたまってどうしようもなくなる。

「バカ…っ」

忍をなじりながらも、どうしようもなく肩に手を置いてナギはそっと身体を持ち上げた。

「あ……」

ずるり、と太いモノが抜けていく感触に甘やかな快感が走る。

それが欲しくて、ナギは何度も身体を上下させた。抜けきる寸前まで腰を上げ、一気に落とす。だんだんとその動きが速くなる。

「あっ…あっ……、あぁっ…、いい……っ、しのぶ…っ、しのぶ……っ」

何かに溺れそうで、そんなナギの姿をじっと見つめていた忍を何度も呼ぶ。

忍がナギの腕を引きよせ、ぴちぴちと跳ねて忍の腹をたたいていたナギの中心をこすり上げてくれる。

「ナギ……」

「あっ…んっ…、──あぁぁぁ……っ！」

頭の中が真っ白になるような快感の中で、ナギはまた忍の手の中に出してしまった。

荒い息をつきながら、ナギはぐったりと忍の腕の中に倒れこむ。

しかし気がつくと、身体の奥の忍はまだ硬いままだ。

「しのぶ…、いいの……？」

そっと尋ねると、忍が小さく笑った。

「まだこれから、ナギにいっぱいもらうから。明日から冬休みだしな」

「いっぱい……？」

ちょっとびくっとしながら、ナギは聞き返す。

「ナギがご褒美をくれるんだろう？」

「え？　……えーと、うん……」

そう。確かそのはずだ。──あれ？

混乱した頭で、何かよくわからなくなる。

「カッパの基礎体力に期待することにするよ」

澄ました調子でそう言った忍の顔は、ちょっとエロくて。


結局、ナギが許してもらえたのは、草木も眠る丑《うし》三つ時という時刻だった。

千永の修行とどっちがハードかというくらい、——でも使う体力が違う気がする——ぐったりとして、忍の腕の中で目を閉じる。

「あ、そうだ、忍……」

とろとろと寝落ちしそうになりながらも、気にかかっていたことがふっと唇からこぼれ落ちた。

「どうした？」

さすがに満足したらしい忍が、ナギの枕に貸した腕で背中を抱きしめるようにして優しく聞き返してくる。

「忍のくれるおっきいの……って、なに……？」

目を閉じたまま、忍の腕の中でころころしながら、ナギは尋ねた。

結局、何をもらえるのかわからないままで。

「そうだな…、ナギにもご褒美、あげないとな。がんばったからな」

忍が喉で低く笑った。

「ナギはなんだと思うんだ？」

「ん――…、大福かなあ…。それか、鯛焼きの大きいの？　大根の漬け物の大きいの？」

「明日はちゃんと持ってくるよ。楽しみにしてればいい」

「うんっ」

期待を膨らませながら、温かく優しい場所で、ナギは幸せに目を閉じた――。

あとがき

こんにちは。登場するキャラの半分は人外という、和風ファンタジーの2作目になります。とはいえ、こちらの方が先に雑誌で掲載されてましたし、それぞれ別カップルの読み切りですので、こちらから読んでいただいても大丈夫でございます。

前回は人狼でしたが、今回はある種の妖怪、ナギくんは一途で一生懸命、可愛いカッパです。好物は漬け物。餌付《えづ》けは簡単です。そのカッパを拾った武道に励む高校生の忍《しのぶ》くんはまじめな苦学生なのですが、案外むっつり…？（はっ。私的にはデフォですか？　そうですか…）いや、健全な青少年です。そんな二人ですが、可愛がっていただけるとうれしいです。

それにしても今回の書き下ろしは、考えた末に出てきたのがなぜかエクソシスト。カッパとエクソシストの対決です。どこまでカオスなんだか…。もちろんですが、ここの御祓方《おはらいかた》もエクソシストもミラクルジパングです。獣耳も妖怪も同類項です。なんでもいるのです。

今回のお話には前作「狼《おおかみ》の式神」のお兄ちゃんカップル、千永《ゆきなが》と葵《あおい》さんも出てきているのですが、前作を書いたあと、そうか…、千永は「ツンデレ攻め」なんだな、と気がつきました。ツンデレというのは、多分、基本的には受けのことを言うんだと思うのですが、まさかのツンデレ攻め。「べっ別に葵のことなんか好きじゃないさっ。でも抱きたいのは本能だから仕方がないんだぜっ」とか言ってそうな（笑）人目のある時は俺様ですが、内心ではしっぽをぶんぶん振ってる感じでしょうか。でも葵にはそんな気持ちも見透かされていて、ハイハイ、と受け流されているという。損な性格ですよねえ…、千永。ナギくんみたいに可愛く甘えることができれば、葵さんもほだされて撫《な》で撫でしてくれると思うのですが、やせ我慢してる分、ご褒美《ほうび》がもらえないのです。ツンデレ受けはカワイイと思うのですが、ツンデレ攻めって、多分あんまりいいことないですね…。

さて。引き続きイラストをいただいております新藤《しんどう》まゆりさんには、本当にありがとうございました。妙な妖怪イラストをお願いしてしまいまして申し訳ありません…。前作がとてもインパクトのある、世界観のくっきりと出たすてきな表紙で惚《ほ》れ惚れとしていたのですが、なにせ今回は妖怪…。人間バージョンの二人もカッコよかったのですが、妖怪バージョンも楽しみにしております。編集さんにも相変わらずたらたらとお手数をおかけしております。どうか懲りずに、またよろしくお願いいたします。

そして、こちらの妖怪話におつきあいいただきました皆様にも、本当にありがとうございました。ちょっぴりアクション系でありつつ、ほのぼの、にやにやとお楽しみいただけましたら幸いです。また、何かのお話でお目にかかれますように——。

三月　春キャベツの漬け物がおいしかった！

水壬楓子《みなみふうこ》

この本を読んでのご意見、ご感想を編集部までお寄せください。

《あて先》〒105－8055　東京都港区芝大門2－2－1　徳間書店　キャラ編集部気付

「森羅万象　水守の守」係

2012年4月30日　初刷

著者　水壬楓子
発行者　川田　修
発行所　株式会社徳間書店
〒105-8055　東京都港区芝大門2-2-1
電話048-451-5960(販売部)
03-5403-4348(編集部)
振替00140-0-44392

■初出一覧
森羅万象　水守の守……小説Chara vol.23(2011年12月号増刊)
祓い師×妖怪×エクソシスト……書き下ろし

森羅万象　水守の守

……【キャラ文庫】

印刷・製本　図書印刷株式会社
カバー・口絵　近代美術株式会社
デザイン　佐々木あゆみ(COO)
編集協力　押尾和子

ISBN978-4-19-900664-7

好評発売中

水壬楓子の本

【本日、ご親族の皆様には。】

イラスト◆黒沢 椎

資産数百億を有する一族の女帝・八色華《やいろはな》が急逝！　華とは遠戚の売れないカメラマン・石橋桜《いしばしさくら》は、遺言状の公開に出席する。そこで再会したのは、大学時代からの親友・立野恭吾《たてのきょうご》。しかも、なぜか親族でもないのに、莫大な遺産相続人の指名権を持っているらしい!?　彼の伴侶に選ばれれば遺産が転がり込むというのだ。実は、訳あって恭吾の告白を拒絶した桜。今さら名乗りを上げられず…。

好評発売中

森羅万象
狼の式神
水壬楓子
イラスト◆新藤まゆり
俺を使役したいと言うなら
それなりの代償と覚悟がいるぞ

水壬楓子の本

【森羅万象 狼の式神】

イラスト◆新藤まゆり

代議士秘書の謎の失踪事件が発生!? 依頼を受けたのは、神社の息子の知《ちい》良《ら》葵《あおい》。その家系は、式神を使役し物の怪を退治する霊能力者の一族だ。これまで式神を持たなかった葵が、渋々使役するのは本体は狼の黒《くろ》瀬《せ》千永《ゆきなが》。ところが、一匹狼で群れることを嫌う千永は、超俺様な上に反抗的。「事件解決まで大人しく協力しろ」と命令する葵に、反発しながらも事件解決に挑むことになり——!?